アイゼン・イエーガー

1

来生直紀
F.F.新堂アラタ

contents

EIZEN JAGER PLAYING MANUAL

STORY ストーリー

大災害により高度文明が崩壊した世界――《ジ・アフター》

人々はかつての国家や文化、科学技術を失いながらも、高度文明の産物が残された《遺跡》から、
限られた資源や技術を発掘し、その繁栄を取り戻そうとしていた。
だが《遺跡》が存在する未開拓地、通称《封鎖区域》には、
旧高度文明時代の半永久機関を搭載した大型機械が暴走し、人々を襲うようになっていた。
《ガイスト》と呼ばれる、人類の発展を阻む存在である。
人々はガイストの脅威に対抗するため、遺跡から発掘した資源と技術により、強力な兵器を造り上げた。

人型戦闘兵器《猟機／イェーガー》

それは、鉄と熱砂の戦場を駆ける巨人。
いまや猟機と、それを操る猟機乗りたちは、人々をガイストの脅威から守り、
世界の開拓にとって欠かせない存在となっていた……。

START ゲームの始め方

はじめてプレイする場合

アカウントの作成
VHMD、またはそのほかの機器からアイゼン・イェーガーの「プレイヤーズサイト」にアクセスし、［新規アカウントの作成］から、ゲームアカウントを作成してください。アカウントの作成には、メールアドレスとS/E®NetworkのIDが必要となります。

▼

アバターの作成
アカウント画面より、「アバターの作成」を選択し、アバターを作成してください。

▼

初期機体の選択
プレイヤーが最初に搭乗する猟機を選択してください。

▼

ゲームにログイン
VHMDのホーム画面からアイゼン・イェーガーを起動し、
ログイン画面にてIDとパスコードを入力し、ゲームにログインしてください。

▼

▼

アイゼン・イェーガーの世界にようこそ!

COMBAT SCREEN 戦闘画面（猟機搭乗時）

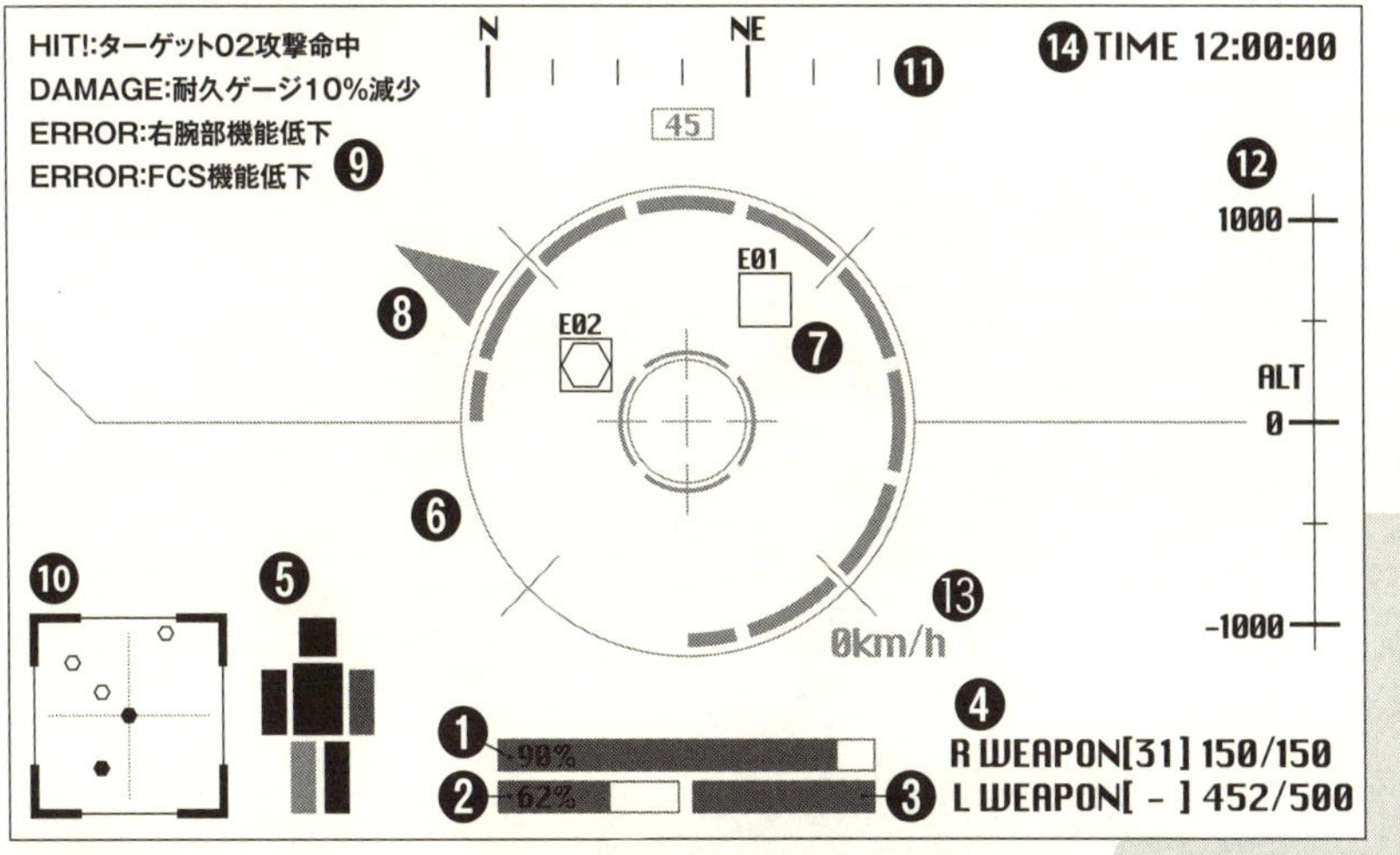

❶機体耐久ゲージ
❷ENゲージ
❸リアクター燃料ゲージ
❹各兵装残弾数／耐久値
❺各部フレームステータス
❻ロックオンサイト
❼ターゲットコンテナ
❽ターゲットロケーター
❾各種ステータス／警告ログ
❿レーダーマップ
⓫針路
⓬高度（ALT）
⓭速度
⓮時刻（《ジ・アフター》標準時）

MENU メニュー画面（アバター時・猟機搭乗時）

フィールドの移動 ―― 街や拠点、各種ショップやほかのプレイヤーのドックなどへ移動します。ただし、戦闘エリアは移動できるポイントが限定されます。

格納庫へ移動 ―― プレイヤーの格納庫へ移動します

拠点へ移動 ―― プレイヤーの拠点へ移動します（※拠点を所有している場合に限ります）

チャット ―― テキストチャット、およびボイスチャットを設定します。ボイスチャットはオープン、ダイレクトの二種類を切り替えて使用することができます

セーブ ―― 猟機を格納します（搭乗時）

ロード ―― 猟機を転送、搭乗します（非・搭乗時）

オプション ―― 各種環境を設定します

《JAGER SETUP 猟機の機体構成

HEAD 頭部

猟機の頭部を構成するパーツです。機体を制御するコンピュータ、およびメインカメラを搭載し、索敵や電子攻撃/防御性能、レーダー性能に影響します。

ARMS 腕部

猟機の腕部を構成するパーツです。火器の反動制御など、装備する兵装の性能に影響を与えます。

BODY 胴体部

猟機の胴体部を構成するパーツです。機体の防御性能に大きく影響します。また頭部のメインカメラ使用不能時に代わりとなるサブカメラを搭載しています。

LEGS 脚部

猟機の脚部を構成するパーツです。限界積載量や移動性能に影響します。

REACTOR リアクター

猟機の動力源なるパーツです。機体の継続稼働時間や、スラスターや各部フレームの出力に影響します。

THRUSTER スラスター

猟機の加速運動に影響するパーツです。

WEAPONS 兵装

猟機が装備している武器や防具です。近接用のレーザーソードや、遠距離用のライフルやミサイル、防御用のシールドなど様々な種類が存在します。兵装は両腕部に装備できるほか、機体の各部のハードポイントに保持(マウント)することができます。

SAVE LOAD 猟機の転送

猟機の搭乗／降機について

プレイヤーは音声コマンドにより、戦闘可能フィールド上のどこでも自分の猟機を転送、および格納することができます。ただし、転送可能な猟機はプレイヤーのドック（格納庫）に存在する機体に限られます。また、街や拠点などの非戦闘エリアでは、猟機の転送を使用することはできません。

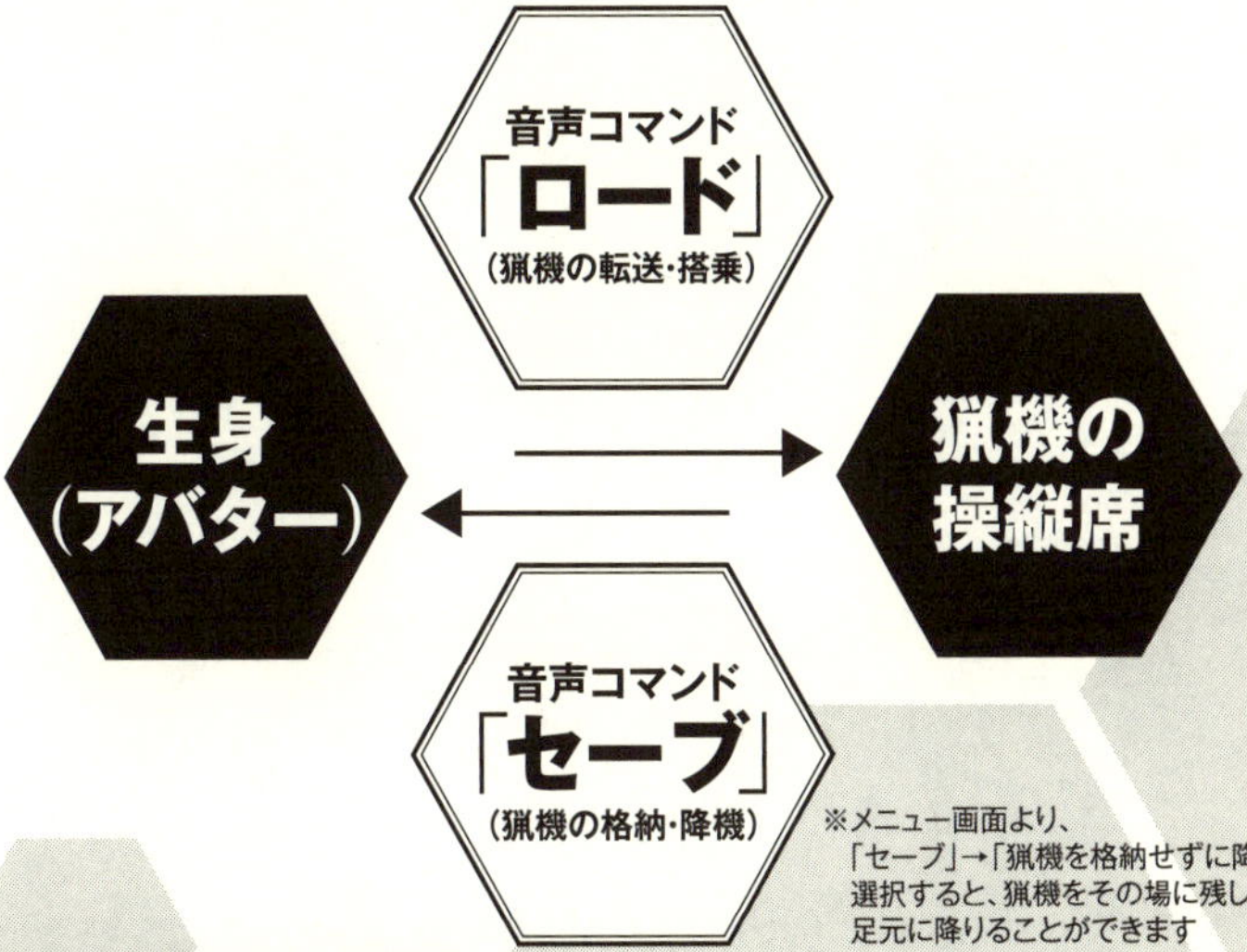

※メニュー画面より、
「セーブ」→「猟機を格納せずに降りる」を
選択すると、猟機をその場に残したまま
足元に降りることができます

SYSTEM システム

オートセーブ機能 ── 本ゲームでは、プレイデータは自動的に保存されます。

パイロットレベル ── 獲得した経験値により上昇します。経験値は、クエストの達成、敵ガイスト/敵猟機の撃破、猟機のパーツ製造などによって獲得できます。レベルが上がるごとに、スキルポイントを獲得します。

資金 ── 猟機のパーツやアイテム、コスチュームなどを購入するために必要となります。資金はクエストの達成のほか、《ジャンクパーツ》、《マテリアル》、《猟機のパーツ》の売却などによって獲得できます。

コスチューム ── アバター時のコスチュームは、いつでも自由に変更することができます。コスチュームは公式ショップ、およびプレイヤーショップにて購入が可能です。

！健康のためのご注意
■疲れているときや睡眠不足のときは、プレイを避けてください。■プレイするときは健康のため、1時間ごとに15分程度の休憩を取ってください。■プレイ中に体調が悪くなったら、すぐにプレイをやめてください■強い光の刺激を受けたり、点滅を繰り返す画面を見ていると、目の痛み、偏頭痛、けいれんや意識障害などの起きることがあります。こうした症状のある方は、事前に必ず医師に相談してください。■VHMDは機器に付属している「取扱説明書」「健康のためのご注意」をよく読んで、正しくご使用ください

PAST

『あんたじゃ僕を倒せない』

そいつはそう言った。

当然のように。まるで自然の摂理のように。

乾いた荒野に砂塵が舞う。

そのただ中に立つ敵猟機《りょうき》を、俺は操縦席から眺めていた。

機体の周囲には敵機が制御する計六基の連装レーザー砲台が漂い、そのすべての砲口がこちらを睥睨《へいげい》している。遠隔操作浮遊砲台――オービットライフル。

対する俺の機体は、酷い有様だった。

各部の装甲がひしゃげ、脱落し、その奥のアクチュエータフレームは機能低下を起こしている。

敵のオービットライフルの集中砲火による爪痕。もっとも痛手だったのは、背面にマウントしていた二種の大型シールドを両方とも失ったこと。

俺にとっては、あるいはこの機体の外見的にも、まさに翼をもがれたような状態。

機体の耐久ゲージ残量31パーセント。敵とは倍近く差が開いている。

言われずとも、俺自身が理解していた。

向かい合うそいつが口にした言葉が、誇張でも驕りでもないことを。

『このあとなにが起こるか、予想してあげようか？

あんたはブースト・マニューバでこっちの懐に潜り込もうとするだろうね。僕の全方位攻撃から逃れるにはそれしかない。だけど近づいたところで、死角を消せるわけじゃない。そしてそっちの攻撃が届く前に、僕はその死角からあんたを撃ち抜ける』

きっとそれは、限りなく確定された未来。

、、、、、、、
あと31パーセントか。

心を決めた。

だがあまりに無謀だった。この状態でたとえ一発でも操縦席のある胸部周辺に被弾すれば、あるいはわずかでもダメージ計算を誤れば、そこで終わり。賭けというにはあまりにリスクが高い。まさに奇跡のような紙一重の世界。

いや、そんなものか。

ふいにそう思った。

いつだって、戦場《ここ》はそういう場所だ。

『来いよ盾使い。おまえがここから先の世界に届くことはない』

スラスターオン。

俺は猟機を駆り、一筋の流星となった。

敵の全オービットライフルの砲口が一斉に光を放つ。

すべてのスラスターを駆使し光の網をかいくぐる。だが完全に逃れることはできない。

腰部に被弾。装甲が弾け飛ぶ。耐久ゲージ残量が27パーセントまで減少。

肩をかすめる。耐久ゲージ残量24パーセント。

頭部に直撃。全損。光学映像がサブカメラに切り替わる。耐久ゲージ残量12パーセント。

近接戦闘の間合いに入った瞬間、その場で機体を一八〇度旋回。

そのまま背中から敵機にぶつかる。

操縦席が激しくシェイクされる。

——そう。密着状態での死角を最大限に減らすためには、こうするほかない。

左腕部のハンドガンを発砲。側面に回り込んだオービットライフルを二基続けて迎撃。

『悪あがきなんだよッ!!』

敵機が残ったオービットライフルを展開。四方向からの同時射撃。今度は防げない。右腕部のレーザーソードを逆手に持ち替える。

躊躇《ちゅうちょ》はなかった。

俺は自機のソードで、自機の腹部を貫いた。

衝撃。操縦席にけたたましい警告音《レッドアラーム》が鳴り響き、視界が完全に暗転。

静寂が訪れる。

システムの死んだモニターに浮かぶ点滅表示。自機の耐久ゲージ残量、1パーセント。

――こうするしかなかったのだ。

回線の向こうで相手が絶句している。ギャラリーも同じ反応だった。

俺の機体がみずからの腹部を貫いたレーザーソードの切っ先は、背後にいる敵機の胸部に深々と突き刺さっていた。

敵機の耐久ゲージ残量――0パーセント。


「届かないなんて、だれが決めたんだよ」


それが、現役十位との戦いの結末。

《十傑の壁》と呼ばれる上位十人の猟機乗りたちとの最初の一戦。長い死闘の、まだほんのはじまりのひとつ。

熱狂と興奮の渦中にいたそのときの俺は疑いもしなかった。

この激闘の日々を、俺がやがて悔いるようになることを。

プロローグ

#00

イーストユーラシア第880封鎖区域《トウキョウ・ベイ》

そのとき男は、どこまでも続く荒廃した景色を見ていた。

焼け焦げた内地。水没した埋立地のビル群。境目のない鈍色の空。

機体の光学カメラ越しに映るその光景の一角――崩落しかけたビルの残骸の陰に、機械仕掛けの巨人が身をひそめている。

機体の内部、窮屈な操縦席のなかで男はモニター上の各種情報にめまぐるしく視線を走らせる。

味方機の損耗状況――自機以外、大破。

主武装の残弾数――残り二割。

敵機の位置――不明。

索敵スキャン。レーダーマップ上で敵機の位置が確認できない。

どこにいる。

データリンク更新。管制機に搭乗している戦術オペレータと通信。

「あと何機だ？」

『二機だ』

「本当に二機か？　こっちは一機しか視認してないぞ」

『こちらのレーダーでも確認できない。前方には出ていない。損傷が大きいのかもしれない。それよりひそんでいるもう一機を警戒しろ』

つつかれた程度で撃破されるような機体状態なら、後方に退避していてもおかしくない。いずれにせよ同時に攻めてこないなら好都合だ。一対一なら恐れるに足りない。

『ダミーを出して後退しろ。姿をさらすなよ』

言われずとも。

男はスティックのキーを操作。巨人が背負ったコンテナからバルーン・ダミーが射出される。

浮遊移動式のダミーは、レーダー上で機体があたかもそこにいるように欺瞞《ぎまん》するものだ。

とはいえ、こちらの機体を視認されては意味がない。

スラスターを切る。徒歩で慎重に下がっていく。

崩れた橋の瓦礫《がれき》に機体をひそませ、辛抱強く待つ。しばらくダミーの方角を注視していたとき、

レーダーが反応。

接近する機影を捉えた。

「かかった……！」

『左から迂回しろ。敵がダミーの側面に入ったタイミングで背後から強襲。ラインマークを出す』

オペレータにより機体が進むべき最適進路が全天周モニター上にオーバーレイ表示される。引かれた青いラインが、機体の理想的な強襲コースとなる。

レーダーマップ上で敵機のアイコンがダミーに近づく。両腕のガトリング砲を近接射撃モードへシフト。移動制御《コントロール》／姿勢制御《モーション》を司る左右の操縦桿を握りしめながら、タイミングを合わせる。

マップ上の敵機がダミーの隠れたビルを回り込む。

今。

スラストペダルをキック。

機体背部のスラスターが全面開放。

アフターブースト。

大量のエネルギー消費と引き換えに、二〇トンの機体が猛加速で前方に押し出される。

激しい振動に歯を食いしばって耐える。ラインに沿って宙を飛翔。ビルに隠れた敵機の側面へ躍り出る。

二丁のガトリング砲でがら空きの側面を――

赤い双眼と目が合った。

シールド越しに覗く敵機の頭部がすでにこちらを向いていた。一瞬の後、気づく。

かかった振り。

右のスティックを戻しペダルを再度蹴りつける。フロントスラスターに点火。緊急後退。プールされていたエネルギーが著しく減少する。構いもしない。敵機の武装を視認した。

この距離は、まずい。

大型の対物シールドと、接近戦で比類なき威力を発揮するレーザーソード。

敵機のアフターブースト。

彼我《ひが》の距離が恐ろしい速度で呑み込まれる。

「くそがっ……！」

すさまじく速い。高速型の機体。

出力の低いバックブーストでは逃げ切れない。かなりの重量があるはずの大型シールドを構え、正面から突っ込んでくる。ガトリング砲をフルオートでばらまく。

敵機のブースト・マニューバ。噴射炎が青白い翼のように広がる。踊るように左右に機体を揺らしながら迫る。止まらない。シールドに防がれている。ガトリング砲では駄目だ。

いや、あの盾は——

ほくそ笑む。

あのシールドなら、こちらのレーザーキャノンで貫ける。

馬鹿が。盾を過信しすぎだ。

スティックのキーを操作し、背部にマウントされていたキャノンを砲撃形態へ移行。

さらに距離が詰まる。敵機の姿がはっきり浮かび上がる。

黒と銀色の、骸骨めいた軽量機体。

敵機の赤く光る双眼――メインカメラが男の機体を捉える。ほぼ同時。チャージが完了。

トリガーを引く。

機体の主力装備、大口径レーザーキャノンから青白い光が迸《ほとばし》った。

まばゆい閃光と蒸気が敵機の前で膨れ上がる。命中。

「やっ――」

男のつり上げた口が、笑みの途中で固まった。

超高熱でオレンジ色に発光した盾は、貫通していない。

ちがう。さきほどのものではない。レーザー系の攻撃を防ぐ特殊加工の盾。わざわざ軽量機体に
シールドを二つも積んでいた？

敵機が盾を放り投げる。男は理解した。

すべては、正面からの高速突撃を可能にするための装備。

今度こそ悪寒が走り抜ける。

これは、向こうの間合いだ。

そのとき敵機のパイロットが笑ったような気がした。

懐に引かれた敵機の右手。増幅器の刀身から超高温の凝縮レーザーが出力。

灼熱の、光の剣。

振り抜かれた。

すさまじい衝撃。機体のシステムがダウンし、男の視界は一転して暗闇に包まれた。

◆

◆

主兵装の出力を切ると、敵機を両断した剣から刀身が消える。

敵機の大破を見届けた俺は、短く息を吐いた。

極めて軽量な高速型フレームに近接用レーザーソードを携えた俺の機体は、静かに駆動を停止した。するとと不思議なことが起こる。

巨人の全身に光が集まり、機体がそれに包まれると空中へと霧散した。

代わりにその足下にぽつんと現れたのは、ひとりの美麗な容姿の男。つまり俺だ。

長い銀髪を風に揺らし、黒いコートをはためかせる俺は、大地を揺らす振動に振り返った。

もう一機の巨人がゆっくりと近づいてきた。

俺の機体とは対照的に、ずんぐりとした重量級の機体だった。巨人の全高と比較しても冗談のようにでかいハンマーをかつぎ、全身を深紅に染めている。
停止した機体は、俺のものと同様に虹色の光のなかへと消えた。
機体の消えた場所に、まるで海賊の船長のような衣装に身を包んだ女がいた。そいつがこちらに向かって小さく手を上げる。サビナという仲間のひとりだ。

「ふんっ。とりあえずお疲れさま、シルバーナイト。ま、今日も悪くなかったんじゃない。アタシには到底劣るけど」

「……ああ」

「どうしたのよ。なんか浮かない顔ね。まさか、最後アンタひとりに任せたこと怒ってるわけ？　べつにアンタがやり損ねてもアタシが仕留めたんだし、結果は変わらないわよ」

「いや……そうじゃない」

「じゃあ、なによ？」

サビナは不審そうに、俺の顔を見た。

「なぁ、サビナ」

「なに？」

「俺は、もう戦いをやめる」

「…………は？」

俺は荒涼とした光景を眺めたまま言った。

「終わりにする。この部隊からも抜けさせてもらう」

突然の俺の言葉に、サビナは絶句していた。

無理もない。この反応は予測していたことだ。

それでも、言わなくてはならない。

「ま、待ちなさいよ！　いったいどういう……」

「決めたんだ。答えは変わらない」

「……なんでよ」

サビナに胸ぐらを掴まれる。俺はされるがまま身を任せた。

サビナの腕は怒りに震えていた。

「あのとき誓ったはずでしょ!?　アタシたちは、一緒に最後まで戦い抜くって」

いつかの遠い約束。培われた絆。だが今となってはもう、すべてが忘却の彼方《かなた》へと消えてしまうほど儚いものに思える。

戦いに疲れたいまの俺の中にあるのは、ただ虚しさだけだった。

「こんなこと、無意味だ」

「無意味、ですって……？」

信じられないという表情で、サビナはさらに力を強めた。

「どうして。理由を言いなさいよ。ねぇ!?」

「それはな……」

俺はうつむいていた顔をゆっくりと上げ、大きく息を吸って、叫んだ。

「これが〝ゲーム〟だからだよ！」


アイゼン・イェーガー。

全世界で一千万人以上のプレイヤーを有する、ＶＲ型ＭＭＯロボットアクションゲーム。

高度文明が崩壊した世界《ジ・アフター》を舞台とし、プレイヤーは《猟機《りょうき》／イェーガー》と呼ばれる人型戦闘兵器を操り、ときに同じ猟機乗りたちと協力し、ときには敵対しながら広大な世界を開拓していく、という内容だ。

三年前のサービス開始以来の古参プレイヤー『Silver Knight』こと俺——遠野盾《とおのたて》は、うんざりして叫んだ。

「もうやめるんだよ！　だれか代わりを見つけてくれ。それじゃ」

困惑するサビナを捨て置いて、メニューを呼び出す。手元に二次元の画面が浮かび上がる。さっさと［フィールドの移動］を選択。

俺は一瞬で自分の格納庫《ドック》へと転送された。

そこは多種多様な猟機がずらりと並ぶ、最大クラスの格納庫だ。

すぐにサビナからのボイスチャットが飛び込む。

『ちょ、ちょっと待ちなさいよ！　アンタが抜けたらうちのチームはどうなるのよ!?　二位の『砂漠の牙』の連中とのポイント差なんてあと少しなのよ！　あと数日持ちこたえれば、今シーズンはうちの勝ちなのに、わかってんの!?　賞金が！　報酬が!!』

「知るかっ！　この廃人がっ！」

『あんですってぇ!?　……っていうか、いっつもログインしているアンタだけには言われたくないんだけど』

「ぐっ……」

ぐうの音も出ないほどに、その通りだ。

中学三年間。学校にはかろうじて行っていたが、それ以外、ほとんどをゲームに費やした。なかでももっとも多くプレイしたのが、このアイゼン・イェーガーだった。

なんとか中堅どころの公立の高校に入ることはできたが、学歴を重視する親からすれば、俺は落第生だ。二個下の妹は秀才で、学年トップレベル。弟の方は小さい頃から運動神経が抜群に良く、部活のサッカーで全国大会に出るほど、華々しく活躍している。

それに比べて俺は？

友達なし。彼女なし。家庭内の立場なし。

歴然の差。

失ったものは、あまりに大きい。いまになってようやく、それに気づいた。

だから俺は決断した。

「……とにかく、もうやめるので」

『待ちなさいよ、まだ話は――』

ログアウト。

VHMD――VRゲームを遊ぶための着装型デバイスを外した。

しんと静まり返った六畳一間の薄暗い部屋に、俺はいた。

机のわきにVHMDを置き、タブレットPCのレーザーディスプレイを点ける。アイゼン・イェーガーのプレイヤーズサイトを開き、まっしぐらにアカウントの管理画面へとログイン。

迷わず「アカウントの消去」を選択。

キャラクターデータが存在するという警告。無視して実行。

さらにメッセージが表示される。


本当に消去しますか？


画面上のキーに近づけた指が、わずかに震えた。

たとえ恥じるべき過去とはいえ、何百、いや何千時間もの結晶。

だけどこれでいい。これでいいんだ。

俺はもうやめる。

力を込めてキーに触れた。

画面が「新規アカウントの作成」に変わるのを見届けた瞬間、予想していなかったほどの清々しさが俺を包み込んだ。

タブレットPCの画面を消し、置き時計の表示を見る。日付が変わっていた。

4／1（月）

明日から、いや今日から俺は、高校生になる。

高校生になって、俺はリア充になるのだ——

第一話　天使の依頼

#01

予想はできたことだった。

県立中央高等学校。

校舎の一階奥に位置する一年一組の教室は、高校生になりたての少年少女たちの声で賑わっている。廊下側から二列目の一番前の席で、俺はまだ着慣れない制服に身を包み、こじんまりと背を丸めていた。

この教室という大海のなかで、俺の席は見事に孤島と化していた。

背中にぶつかるクラスメイトたちの明るいはしゃぎ声が、どこまでも胸に痛い。

理不尽さと疑念が腹の底にうずまいた。

……どういうことだろう、これは。

まだたった二週間だぞ？

だというのに、こいつらはいったいなんなんだ？　どうしてそんな小学生からの友達みたいに打ち解けている？　おまえらみんな中学校一緒だったのか？　俺だけがちがうんじゃないか？　そうでもなければこんな状況、おかしくないか？

だれにともなく恨み言をぶつけたい気分だった。

小さくため息をつく。

どこかで、覚悟はしていたのかもしれない。

つい先日までリアルでのまともな対人関係を構築したことのないやつが、いきなり円滑なコミュニケーションなど取れるはずもない。最初から一歩も二歩も出遅れているのだ。致命的に。

しきりに周りに視線を配る。

どこか、どこかに、きっかけはないか？

今日もまた昼休みの時間がやってきてしまう。授業内容などどうでもいい。いかにして休み時間を無難にやり過ごすか。昼を共にする昼飯要員を見つけ、いかにしてぼっちではないように過ごすか。目下、それが高校生となった俺の最優先事項だった。

というかこれはリア充っていうか、キョロ充というやつでは……。

「──おはよっ」

「あ、おっはーイヨっち～」

ふいに見知らぬ香りが横切る。

俺は自然と顔を上げていた。

揺れる膝上丈のスカートと、黒色のブレザー。窓辺から差し込む陽の光をスポットライトのように浴びて輝く、ひとりの女子生徒の姿。

彼女の長い黒髪がふわりと揺れ、その周囲の空間までもがきらめいているように見えた。

俺は教室に入ってくる彼女を、今日もそっと盗み見る。

入学してすぐに、彼女の名前だけは覚えた。

伊予森《いよもり》颯《さや》。

可愛い、という以上に綺麗だった。大人っぽいと言い換えていいかもしれない。

だがその日はすこし迂闊《うかつ》だった。

ついじっと見つめてしまっていたとき、伊予森さんがこちらを向いた。

「おはよ、遠野くん」

息が止まった。

席が近いというだけで、こんな俺に挨拶を。しかも名前を覚えてくれている……だと?

天使だ。

そんな天使に向かって、俺は、俺は――

「お、おっ」

どもった。

我ながら、見事なコミュ障ぶりだった。

オハヨウザイマス……と蚊の鳴くような声で返し、俺は情けなさのあまり顔をそらしてしまう。

気にした様子もなく伊予森さんが席につくと、さっそく周りが声をかける。

「颯ぁ、今日の数学教科書忘れちゃったー。見せて！」

「また？　しょうがないなぁ……」

「あ、俺も忘れちゃったから仲間に入れてくれー」

「それはうそ。あるでしょ？」

「なんでわかったの!?　すげー」

賑やかな笑い声と、快活とした表情。

傍目《はため》から見ていて、伊予森さんの周りには男女問わずいつも人が集まっている。

もはや別世界だ。

こんなに近いのに、どこまでも遠い。

ここには、見えない境界線がはっきりと存在していた。


昼休みになった。

気がつくといつの間にか教室は女子の比率が高くなっている。男子連中は学食に行ってしまったのか？　だれも誘ってはくれなかった……。

惨めな気分になりながら弁当を広げる。こうなったら速攻食って、どこかで時間をつぶそう。

「えー知らない？　うそ、絶対いたよ」

冷たい飯をさっさとかき込んでいると、近くで机を合わせている伊予森さんたち女子グループの会話が聞こえてきた。

「だれか三中の人いないかなぁ」

伊予森さんのその言葉に、俺の耳が反応した。

第三中学校。俺もそこの出身だ。幸か不幸か、このクラスには俺しかいないようだった。

この中央高校は俺のいた中学からはやや遠く、かといってそれほど人気のあるところでもないため、うちからの進学者はかなり少なかった。

——あの人って、そうじゃないっけ？

自然と耳を澄ましていた俺は、その女子のささやきにどきりとする。

振り返るよりも早く、足音が近づいてきた。

「ねぇ、遠野くん」

びくり、と俺はハムスターのように震えて振り返った。

伊予森さんが、すぐ目の前でにこやかな微笑を浮かべていた。

「な、なにひぃ？」

声を発するのがひさしぶりだったのでみっともなく裏返ってしまった。最悪だ。

「遠野くんって、どこ中だっけ？」

「だ、第三中……」

「やっぱり！　ねぇ、佐々木美穂《ささきみほ》って知ってる？　わたし家近くて友達なんだ」

知らない。だれだ。いや、確かクラスにそんな名前の女子がいたような、いないような……。

伊予森さんが期待に満ちた視線を向けている。

やめてくれ。クラスメイトの女子の名前とか、そんな高度な質問を俺にしないでくれ。男子の名前だってろくに覚えていないのに。

「……く、クラスちがうかも……」

「三年のとき何組だった？」

「五組、だけど……」

「あれ、じゃあたぶん同じだと思うけど」

まずい。

ぼっちだったことがバレてしまう。

伊予森さんのどこまでも無垢で穢《けが》れのない視線が俺を苛《さいな》む。

なぜそんなに俺を追いつめる？　天使じゃないのか？

「わ、わかんない、かな。いひッ」

ごまかすつもりの愛想笑いは、無様に頰をひきつらせただけだった。見ていた女子たちが一斉にドン引く。

死にたい。


学校では早速、部活動の仮入部期間に入っていた。

放課後になると友達と一緒に、みな思い思いの部活へと向かう。

俺はどうしていたかというと、ひとりで校庭に立っていた。

校舎の上の階から吹奏楽部の演奏が聞こえてくる。校庭では野球部、サッカー部、陸上部などが上手く棲み分けながら活動しているのが見えた。体育館ではバスケ部やバレー部が同じように汗を流しているのだろう。

日が傾き始めたなかでも、学校は活気に満ちている。

なにがしたいのか、自分でもよくわからなかった。

むしろしたいことなど、なにもないような気がする。自由な選択肢を与えられてはじめて、自分の中になにもないことに気づく。

なにも考えずに、どこかへ飛び込んでみるべきなのかもしれない。

だが億劫《おっくう》さがどうしても勝り、動けなくなる。

このままじゃ駄目だとわかっているのに、俺は一歩が踏み出せない。

ふと校庭の反対側に目を向けると、部室棟の近くにあるテニスコートのそばに、見知った顔があった。

ジャージ姿の伊予森さんだった。

テニスウェア姿の方は上級生だろうか。なにやら楽しそうに話している。

その光景から俺は逃げるように背を向けて立ち去った。

どんどん進んでいく周りの時間に付いていけず、自分だけが取り残される。

なぜだかどうしようもなく、惨めだった。

◆　◆

高校入学から、はやくも一ヶ月が経とうとしていた。

陸の孤島、健在。

どうだ、この鉄壁の防衛力は。と誇りたくなるほど、俺の席は難攻不落だった。

正直なところ、学校に行くのが嫌で嫌でたまらない。毎朝うんざりして、登校中に心がくじけそうになりながら通っている。

こんなはずじゃ、なかったのに。

休み時間、席で寝たふりをしていると、教室の後ろの方で集まっている同類の雰囲気をただよわせる男子グループの会話が耳に入った。

「――来週のサーガの新作楽しみすぎるんだけど。やるでしょ？」

「うーん、どうしようか迷い中」

「おれはまだアイゼンやってるけどなー。人多いし、それにあれだけ長く遊べるロボットもののオンゲーはほかにないし、やっぱ面白れーよ」

はっ、リアルの知り合い同士でゲームとか。ゲームは独りでやるものだろ？　これだからゲームをコミュニケーションツールだとか思ってる最近の若いやつらは。

……俺も入れてもらえないだろうか。

だが話しかける勇気がない。

「えーアイゼンはなぁ。廃人多いじゃん。なんかいやじゃない？」

「それはある。マジでランカーとかバケモンしかいねーし。廃人にならないとやってけねぇよ」

「でもそういうやつらって、学校とか仕事とか捨ててでしょ？」

「引くよなーそこまでやってると」

「あるある」

拳に力がこもった。

勝手な言い分に、正直腹が立った。だがそれと同時に、ぐうの音も出ないほどに同感なのが、また自分自身を苛立たせていた。

そうさ。その通りだ。

だからやめたんだ——

気にする必要はない。もう俺は、あの虚構の世界とは縁を切った。

「ねぇ、遠野くん」

いつの間にか、伊予森さんが机の前にいた。

俺は呆けたようにそれを見上げる。

伊予森さんは目を細め、薄くリップを塗った口元をゆるめた。自然体のにこやかな表情。

やはり天使か。

席の位置が近いからか、妙に話しかけられている気がする。

まさか、もしかして、俺に気があるのか？

たとえ可能性がリアルにゼロだとしても、一瞬でもそう勘ぐってしまうのは男の性《さが》というやつだろう。

「な、なんでしょう?」

「……なんで敬語なの?」

笑われた。恥ずかしさに頰が熱くなる。

なにを期待している？　話しかけられただけだぞ。リア充はそんなことでいちいち勘違いなどしないはずだ。たぶん。

「遠野くんて、部活入ってないんだっけ？」

「入って、ない」

結局、俺はどの部活にも入っていなかった。

入部したいという気持ちはたしかにあった。

これまでも教室に各部の先輩がやって来て、「中学のとき陸上部だった〇〇くん！　いますかー！」なんて声を上げて、〇〇くんが少し恥ずかしそうに連行されていく、なんて場面を見た。

いいな、と思う。

だがどんなに羨望しようと、「中学のときネトゲ廃人だった遠野くん！　いますかー！」なんて声をかけてくれる先輩はいない。

やる気がないわけではない。誘ってくれさえすれば俺だって。

……いや、やはりそういう考え自体が甘いのだろうか。

「そうなんだ。……あのね。ちょっと。お願いがあるんだけど」

伊予森さんは少し言い出しにくそうに指先を絡ませる。

まだなにかあるのか。

わたしの代わりに日誌を職員室に持って行ってくれ、とか。そういったことなら喜んで引き受けようと思う。どうせ用事などなにもない。いいよ。でもその代わりに……わかるだろ？　などと些細な妄想にトリップしていると、伊予森さんはさらりとそのお願いを口にした。

「放課後、一緒に帰らない？」

◆　　◆

激しい警報が鳴っている。

味方機の状況は？　目標は、敵の猟機はどこだ？

いや、敵などいない。

まだ明るい住宅地を、俺は自転車を引きながら初代ＡＳＩＭＯ並みのぎこちなさで歩いていた。

隣には、軽やかな足取りの伊予森さんが並んでいる。

なんだ、これ。

いったいどうなってる。

ゲームにのめり込むあまり、現実と妄想の区別がつかなくなったのか？

半ば本当に自分の頭を疑ってみたが、どうやら一応は現実のようだった。だがＶＲ空間のほうがよほど現実味がある。

あまりに突然降ってきた異常な状況に、気が気ではいられない。

もしかして……こ、告白されるのだろうか？

なんだ、俺って実はかなりかっこよかったのか？　これまで気づかなかった。だがたしかに風呂上がりだとたまにイケメンに見えることもあったし。隠れた逸材というやつだったり……。

「遠野くん？」

「はひっ？」

「部活はじまるとみんな大変そうだよねー、って。ほら、とくに運動部とか」

「た、たしかに……。伊予森さんは……、テニス、だっけ？」

「ううん。結局どこも入ってない。バイトとか、忙しいし」

「ば、バイト？」

このなにも穢れを知らない伊予森さん（※独断と偏見による）が、バイト？

イメージのちがいにショックを受ける自分がいたが、その程度のことでショックを受けているようだから自分は駄目なのだという気もした。

「あっ、学校ではあんまり言わないでね？」

「お……はい。了解です」

「だから、どうして敬語になるの？」

伊予森さんが朗らかに笑ってくれる。それだけで素直に嬉しかった。

同時に実感する。

まだ、ただのクラスメイト。

他のことはなにも知らない。中学はちがうし、共通の知り合いもいない。こういうとき、いったいなにを話せば良いのか。

「ねぇ、せっかくだから、どっか寄ってかない？」

「どど、どこに？」

「カフェとかあったでしょ。駅前に新しくできたとこ」

「あ、ああ……」

そういうことか。一瞬邪《よこしま》な妄想をしてしまったせいでどもってしまった。

「どうかした？」

「い、いや、べつに……」

駅に近づくと、たしかに新しいカフェチェーンがオープンしていた。いつか彼女が出来たらこういうところに行きたいものだと思っていたところだ。ん、つまり。

…………！！

動悸が速まるのを意識しながら、俺たちはオサレな雰囲気の漂う店内に足を踏み入れた。

伊予森さんの後をついていき、なにがなんだかわからないままアイスコーヒーを注文する。

店内は同じくらいの中高生や社会人たちで盛況だった。二階まで行って、ようやく窓際の席に空きを見つけた。伊予森さんと向かい合って座る。

テーブルが小さいため、距離が近い。

ひどく落ち着かなかった。

店員も客も、店内のすべての人間が俺たちを見ているような気がした。

「時間、大丈夫？」

伊予森さんの声で我に返る。

「ぜんぜん、だいじょうぶ、す」

「ほんとはね、前からクラスの子と来たかったんだけど、みんな部活とかで予定合わなくて。それで、遠野くんに付いてきてもらったんだ」

「……それは、俺が帰宅部でヒマそうだったから？」

「え？　そういうんじゃ……。ぜんぜんない、っていうわけでもないんだけど……」

伊予森さんは困ったような笑みを浮かべると、顔を伏せてすこし上目遣いになり、

「おこった……？」

と、許しを請うように俺の目を覗き込んだ。

息が止まった。

吸い込まれそうな瞳。光沢のある薄桃色の唇。人形のように小さな顔と、そのまわりでふんわりと揺れる黒髪。そして、鼻をくすぐる見知らぬ異性の香り。すべてが反則級だった。

「いや、べつに、まったく」

「よかった」

帰宅部最強説、浮上。

部活に入らなかった自分の積極性のなさを、はじめて誇らしく感じた。

「ふふっ。人に見られたら、付き合ってるって誤解されちゃうかもね」

盛大にむせかえった。

アイスコーヒーが気管に入り、俺は涙目になりながら咳き込む。

「だ、大丈夫？」

まるでマンガのように動揺してしまった。

しかし、さすがに。この言動は狙ってやっているのだろうか？　だとしたら恐ろしい。

とにかく落ち着け。冷静にならなければ。

きっとこれが普通の、他愛のない会話というやつだ。

俺がしていた会話と言えば——

「敵機探知2。1タゲられ遠スナ鳥撃ち、2近ロケ非ロック。指示請う」

『8時後退。6セカンドで路地。角待ちソード突』

「了解《コピー》」

どこの軍隊だ。

あんなものは会話とは呼ばない。ただの伝達だ。

「遠野くんの名前って、たて、って読むんだよね？　めずらしいよね」

「ああ……。そう、ね。でも、あんまり名前で呼ばれない」

「そうなんだ?」

名前ネタは、これまでの人生で幾度となく言われてきたので、高校生ともなると辟易《へきえき》していた。

だから自分の名前があまり好きではない。

ちなみに弟や妹はもっと普通なのに、なぜ俺だけが「盾」という妙な名前なのか、という疑問について、以前親を問い詰めたことがある。そのとき母親がなんと答えたかというと、「えぇ～～～それ聞いちゃうのぉ～～？　……あ、ほんとに、マジ聞き？　え、えっと……あんたは最初の子供だったし、結婚してわりとすぐだったし、だからお父さんもわたしもけっこうハイになってた、みたいな？　それで、まあなんていうかちょっとノリでつけちゃった……みたいな？　それで次の子供からはちょっと冷静になって……あっ！　で、でもあんたのそれ素敵な名前よほんと！」である。

聞いたことを海より深く後悔した。

それはともかく。

不思議議と伊予森さんに呼ばれると、嫌な気はしなかった。

むしろ、嬉しい。

つい口元がにやけてしまうのを俺は注意して引き締めた。

「そういえば、化学担当の先生さ、ちょっとヘンじゃない?」

「あー。わかる、かも。っていうか、ミスタービーンに似てる」

「そうそう！　って、それどういう人だっけ？」

「え？　ああ、ほら、だからこういう……」

ぎこちなくも会話が成立していた。

いままで、どんなゲームをしていても感じたことのない幸福感が、胸に満ちていく。

ああ、これがリア充というやつか。

これでいい。

ここにはゲームの話題など存在しない。

攻略がどうとか、スキルがどうとか、レアなアイテムがどうとか、対戦成績がどうとか。いったいどうして、自分はそんなことに拘泥《こうでい》していたのだろうか。

べつにゲームそのものが悪いというわけじゃない。

ただ、きっと俺はやるべきじゃなかったんだ。

だから俺はもう、あの仮想の世界を捨てた。

もっと早くにこうすべきだった。いや、過去のことはいい。俺には新しい未来が待っている。

さようならバーチャル。こんにちは、リアルな人生。

伊予森さんはしきりに笑ったあと、うつむき、テーブルの上で指先をからませた。

「ところで、さ。遠野くんって……」

誘ってきたときと同じだ。

どうやら伊予森さんは、遠慮するとき、こういう仕草をするらしい。これをあざといというのだろうか？　いや、だとしてもそこがいい。

気にせずになんでも言ってくれればいい。実はお金ないから奢ってとか？　いくらでも出そう。実は他にも行きたいお店があって？　どこまでも付き合おう。

俺は気軽に尋ねた。

「うん、なに？」

「『アイゼン・イェーガー』ってゲーム、知ってる？」

揺れるアイスコーヒーの表面を、俺は見つめていた。

店内のざわつきは遠のき、やがてなにも聞こえなくなる。言葉を脳が処理しきれずに、すべての知覚を停止させてしまったようだった。

ゆっくり。

ゆっくりと、顔を上げた。

伊予森さんは薄く微笑んだまま、首をかしげている。

頭に浮かんだのは、アカウントの消去画面。

俺はもうやめた。

――そのはずだった。

＃02

どうやって帰ったのか、あまり覚えていない。

玄関の扉を開け、靴を脱ぎ、ふらふらとリビングに入った。

声をかけてきたのは、ソファーで寝転がっている弟の篤士《あつし》だ。

「あ、おかえり兄貴」

俺は無言のまま台所に行き、冷蔵庫を開ける。

「どうしたの？　なんかニフラムで消えそうな顔してるよ」

「ほっとけ……」

コップに牛乳を注ぐ。一気に飲み干す。新鮮な冷たさが身体に染みていく。

大きく息をついて、頭をからっぽにする。

なにかが引っかかった。

「おい、どういう意味だそれ」

篤士の聞き捨てならない言葉が、俺を現実へと引き戻してくれた。

「え？　なにが」

弟はノリと直感で生きているような人間だ。とぼけているのではなく、数秒前に自分が言ったことも覚えていないにちがいない。

とはいえ、こいつはこいつで有能なのだ。少なくとも俺よりは。

「元気なさそうだったから。まぁ、いつものことだけどさ」

「べつに、そういうわけじゃ……」

「兄さん。大丈夫ですか」

教科書とノートを小脇に抱えた詩歩《しほ》が、二階から降りて来た。

篤士と同じく中学二年生。篤士とは双子だ。詩歩は一言で言って、才女だ。

詩歩は大人びたまなざしで俺を見つめていた。

「おまえまで……。いや、なんでもないって」

こう見えても俺は三人兄弟の一番上。心配させて申し訳なくなる。兄が落ち込んでいることにめざとく気付くとは、やはりこれが兄妹の絆というも
「冷蔵庫の牛乳、賞味期限がだいぶ前に切れていたような気がして」

「……俺の腹は、強いから」

大いなる落胆に気力を蝕まれつつ、自分の部屋へと向かった。

ベッドに身体を投げ出す。

仰向けになって天井を眺めたまま、カフェでの出来事を思い出した。
——『アイゼン・イェーガー』ってゲーム、知ってる？
聞き間違いではない。
伊予森さんは、たしかにそう言った。
あのとき、しばらく呆然とした俺は、思考停止した頭でかろうじて、
(な、な、名前くらいは……)
と、とっさに嘘をついてしまった。
それをどう受け取ったのか、伊予森さんは奇妙にも思える間を置いた後、
(そっか)
なにごともなかったかのように、ただうなずいた。
(な、なんで？)
(ううん。なんでも。あ、そういえばさ——)
その話題はそれきりだった。
なぜだか、ひどく胸騒ぎがした。

「おはよ、遠野くん」

翌日。登校してすぐ伊予森さんに声をかけられた。

普段とちがって、今日は髪を後ろで束ねてアップにしていた。いつもは隠れている首筋がのぞき、それだけ俺はドキリとしてしまう。

ああ、今日も天使だ。

「お、ぅお、っす」

俺はいつものようにスムーズな挨拶を返しながらも、さっと視線をそらしてしまう。

簡単に言えば、びびっていた。

色々なことがまだ頭のなかで整理できていない。

「昨日はありがと」

「い、いや？」

「でもよかったー。あのお店、うちの家族もまだだれも行ってないし、一番乗り。でもちょっと高めだよね？」

「う、うん」

伊予森さんの様子は普段となにも変わらない。

聞いても、大丈夫だろうか。

実際に口にするのには、多少の勇気が必要だった。

「あ……あのさ、昨日言ってたこと、だけど」

「えっと、なんだっけ？」

「アイ……なんとかってゲームの、こと」

またしても濁してしまった。慣れない演技をするのは妙に気恥ずかしい。

「ああ、あれ……」

伊予森さんは少し考えた後、犬か猫にするかのように小さく俺を手招きした。

近う寄れ？

ドキドキしながら、しかし顔を寄せるほどの度胸はなく、数センチだけ身を乗り出す。

「実はね、妹の友達がそのゲームをやってるみたいなんだけど、そこで対人トラブル……？　みたいなことになってて、困ってるらしいんだ」

「はぁ……。妹さんの、お友達さん……」

「でもわたし、そういうのってよくわからないから……。遠野くんなら、もしかしたら詳しいんじゃないかと思って」

……なるほど。そういうことか。

予想外のオチだったが、聞いてみれば、なんのことはない。

いや、待て。

それは俺が、ぱっと見でいかにもゲーム廃人らしい雰囲気を持っていたということか？

「あ、気にしないで。たぶん、なんとかなるはずだから」

伊予森さんの線の細い横顔が、ふいに寂しげにかげった。

だれも頼る人がいない——まるでそんな風な。

ただの思い込みかもしれない。だがそう見えた俺にとっては、看過できないものだった。

「と、登録の仕方くらいなら、わかるかも」

深く考えもせず、そう口走っていた。

馬鹿か。

こんなことで見栄を張って、俺はいったいどうするつもりだ?

すぐに後悔するも、すでに遅い。伊予森さんの顔がぱっと明るくなる。

「ほんと?」

しまった。なんだか妙に悪い予感がした。あくまで俺は詳しくない振りをしよう。

なぜなら俺のリア充ライフに、もうゲームは必要ないのだから。

「あ、でも、詳しいことはあん——」

「じゃあ今度の休み、遠野くんのうち行ってもいい?」

◆

◆

掃除機の音が、六畳一間の部屋に響いていた。

時計を見る。十二時半。

さっき見たときは十二時ちょうどだったから、いつの間にか三十分が経過していた。俺はどれだけダニを駆逐するつもりなのか。

朝一で部屋の片付けをしていた。

シーツもカバーも新品に変えた。換気して掃除して、ファブリーズも農薬ばりに散布した。十八禁関係のブツは、無断で篤士の部屋に緊急退避させてある。

これだけ念入りに準備しながらも、俺は机の上のタブレットPCの前でうなだれた。

その横には、使い古されたVHMDが置いてある。

つい先日、使用を断ったばかりのゲーム機器。

「っていうか、なんだこの状況……」

あの伊予森さんがうちに来る？　この部屋に？

女子というのは、そんなに簡単に男の家に来るものなのか？　もしかして、中学のときも自分が知らないだけで、周囲では頻繁にそんな淫らな交流があったのだろうか？

だとしたら急に腹が立ってきた。非常に気になるが、かといって聞く相手もいない。弟の篤士ならわかるかもしれないが、かろうじて残った兄としてのプライドがそれを許さなかった。

それに、問題はほかにもある。

俺はアカウントを消してしまったのだ。

当然、アバターも猟機のデータも残っていない。復元は不可能だ。

「仕方ない、一からキャラ作るか……」

アバターはまあよしとしても、苦心して造り上げた機体は一からだし、膨大なパーツもそれを購入する資金もない。本当にゼロからのスタートだ。

ただ、普通のRPGとはちがって、アイゼン・イェーガーはプレイヤーの操縦技術によるところが大きい。極端なことを言えば、たとえどんな高性能な機体を使おうと、満足に動かせないようでは対人戦で勝利することはできない。

アカウントごと消してしまったので、メールアドレスの登録からはじめた。淡々とフォームに必要事項を入力し、新規に作成。ゲームを起動する。

最初にやるのはアバタークリエイションだ。

これがVR空間内での自分の分身《アバター》となる。

「適当でいいか」

名前、性別、肌の色、目の色、髪型など細かく自由に設定できる。さらに衣装や装飾品もゲーム内で入手できるほか、現実のお金で購入――いわゆる課金で入手することもできる。

昔、初めてプレイしたときは、それだけで一日費やすほどこだわったものだったが、いまはそういった興味も尽きていた。

（とことん地味なやつにしよう……）

かつての自分のキャラは、かっこいいビジュアル系のようなアバターだった。長い銀髪に、頬の傷。服装ははためく黒いコート。名前はシルバーナイト。

いま思い出すと、軽く線路に飛び出したくなる。

シルバー……シル……

なんでもよかった。深く考えたくもなくて、俺はぱっと浮かんだ単語を口にした。

「シルト……」

かつての名前を短縮しただけ。だが語感は悪くない気がした。それに俺は猟機でシールドを持つ戦闘スタイルを得意としていた。そのもじりでもある。

Schildと入力。

「シールドの綴《つづ》りって、こうだっけ……？」

どこか間違っている気がしたが、どうせこの一回切りだ。そのまま登録する。

続いて、猟機の選択。

アイゼン・イェーガーはゲームスタート時に、搭乗する猟機を複数から選択できるようになっている。これが初期機体と呼ばれるもので、プレイヤーはこれをベースとして、武装や装甲やフレームなどのパーツを組み替え、自分なりの猟機を造り上げていくことになる。

速度が売りの軽量猟機。

装甲の堅牢さが売りの重量猟機。

性能バランスと扱いやすさが売りの中量猟機。

俺は迷わず軽量機体を選択。初期装備はハンドガンとレーザーソードだけだったが、それを選んだのはかつての俺の愛機にもっとも近かったからだ。もちろん、性能は段違いだが。

「こんなもん、か」

作成を終えて一息つこうとしたとき、呼び鈴が鳴った。

心臓が跳ねる。

微妙にパニックになりながら階段を駆け降りる。

何度か深呼吸したのち、扉をゆっくりと押し開いた。

「あ、遠野くん」

休日なので、伊予森さんは私服姿だった。

ふわりとスカートが広がった白いレース柄のワンピースに、ライトブルーのカーディガン。清楚を体現しているようなまぶしさ。

またしても反則級の破壊力だった。

「ど、どうも」

顔が気持ち悪くにやけそうになるのを堪える。

「あ、それでこっちが……」

振り向いた伊予森さんの後ろに、もうひとり女の子がいた。

その子は目立つ容姿をしていた。

背は伊予森さんよりやや高い。スポーティーなスニーカー、細身のジーンズにロングTシャツ、小さなリュックを背負っていて、活動的な印象を受ける。だが目立つのはそのせいではない。

長いまつ毛に包まれた瞳の色は、澄んだブルー。

なにより、鮮やかな色の金髪が二つに分かれて背中へと流れている。ブロンドだ。

「真下《ました》クリスちゃん。妹の友達なんだ」

「今日は、よろしくおねがいします」

クリスは、ぺこりと頭を下げた。

一瞬、ちがう言語かと身構えたが、ごくごく普通の発音の日本語だった。伊予森さんもとくに補足しないところを見ると、気にする必要はないようだった。

っていうか、友達って女の子だったのか……。

伊予森さんの妹がいくつなのかは知らないが、詩歩より年下には見えないから中三ぐらいだろうか。それにしてもずいぶん大人っぽい。いや、というより――

（胸、でか……）

クリスのそれは、Tシャツを大胆に盛り上げ存在を主張していた。詩歩と比べると同じ中学生でもずいぶんちがうなぁと思う。詩歩は代わりに頭に栄養がいってしまったのだと俺は理解している、などと本人の前では口が裂けても言えないが。

クリスと目が合った。

「……あの」

「上がって、どうぞ」

俺は亜光速で目を逸らし、回れ右をしてふたりを招き入れた。

危ない。中学生の胸を見ていたなどともし伊予森さんに気づかれたら、俺の学校での社会的生命は完全終了する。

だがむしろそういうことに頭がいっぱいで、俺は肝心なところで気が抜けていたのだろう。廊下を通る途中で、リビングのドアが開けっ放しになっていることに気づく。

詩歩がそこにいた。

「あ、お邪魔します」

伊予森さんとクリスが、目を点にして固まる詩歩に会釈する。

「兄さんが……女の人を、家に……」

金魚のように口をぱくつかせる。ここまで驚いている詩歩を見るのはひさしぶりだったが、安心しろ妹よ。一番動揺しているのは他でもない、俺だ。

「う、上だから、どぞどぞ……」

バタン！　と叩きつけるようにリビングのドアを閉めて、俺は駆け足気味に二階へと上がった。

部屋の前でもう一度深呼吸し、ドアを開ける。

「ここが遠野くんの……」

伊予森さんは楽しげに俺の部屋を見渡していた。

反対にクリスはきょろきょろとせず、どこか緊張している様子だった。

部屋に年の近い女の子が二人。

またしても心拍が乱れてくる。

伊予森さんはさっそく、俺の机の上に置かれたＰＣとＶＨＭＤに目を向けた。

「すごい。もう準備できてるの？」

「キャラ、作っただけだから……」

伊予森さんは、じーっと俺を見ている。

なにやら視線に含みがあった。ん、なんだろう？

（あ、そういうことか……）

一瞬混乱したが、俺は彼女の意図を推測し、奇跡的にピンときた。

「えっと、伊予森さんも、やる？」

「できるの？」

どうやら正解のようだ。嬉しそうな伊予森さんを前にすれば、断る理由などこの地上にはない。

「アカウント登録して、キャラクターを作れば、だれでも」

「あ、そのアカウント登録っていうのはやってきたよ。家でできたから」

「そうなんだ。じゃあ、話は早い」

幸い、俺の部屋にはもう一台ＶＨＭＤがあった。元は弟のものだが、健全なスポーツ少年であるやつは早々に飽きてしまったらしく、いつの間にか俺の物と化していた。

アイゼン・イェーガーの基本プレイは無料だ。

俺は机に置いたタブレットＰＣで、伊予森さんに要望を聞きながら、さきほどと同じように新しい女性アバターを作っていく。

「名前は？」

「じゃあ、イヨで。……へんかな？」

「いや、いいと思うよ」

Iyoと入力。

プロポーションなども細かくカスタムできるが、今回はそこまではしなかった。

アバターは完成した。続いて初期機体の選択。

「機体は、どれがいい？」

「それに乗って、戦うの？」

「まあ、基本的には……」

「あんまり戦わないのが、いいんだけど」

なかなかレアな要求だった。もちろん戦闘するだけがこのゲームではないのだが。

「じゃあ……管制機がいいかも」

全身が細いフレームで構成され、奇抜な頭部をした機体を選択する。

「他のとちがうの？」

「管制機は戦闘には参加できないんだ。武装を持てないから。その代わりに特別な役目があって、戦闘を観測して仲間に指示を出したりとか、これが結構重要で……あ、でも気にしないで。今回はただ見てるだけで大丈夫だから」

早口気味の俺の説明に、伊予森さんとクリスはややぽかんとしていた。

「お任せするね」

「はい……。じゃあ、これで完了。伊予森さんは、これ使って。使い方、わかる？」

伊予森さんにＶＨＭＤを手渡す。

「一回使ったことはあるから。特別なことは、ないよね？」

「うん。大丈夫かと」

ＶＨＭＤは、装着した人間の脳波を読み取り、あらゆる入力動作を代替してくれるヘッドマウント型スマートデバイスだ。映像は網膜投影、音声は骨伝導で臨場感を極め、非常に高精度なＶＲ体験を手軽にできる機器として、ゲームから学習分野まで幅広く普及している。

「あ、でもクリスちゃんは？」

「自分の、持ってきましたから」

クリスはごそごそとリュックをあさり、中から実に女の子らしいピンクカラーのＶＨＭＤを取り出した。デコレーションのシールが貼ってあるのが可愛らしかった。中学生にしてはやや子供っぽいような気がしたが、さすがに口に出すほど愚かではない。

「あ。それで、トラブルっていうのは……」

俺が聞くと、クリスはうつむいてしまった。

どうしたらいいかわからず、俺は伊予森さんに助けを請う。

「とりあえず、はじめてみない？」

「そ、そうだね」

やたら乗り気な伊予森さんに続き、俺もＶＨＭＤを装着。

「じゃあ……伊予森さんはドック——最初の場所で待ってて。俺がそっちに行くから。えっと、クリス……ちゃんは、行き方わかる、かな。同じワールドを選択して——」

「は、はい。たぶん」

クリスはうなずいた。まあ中学生ならそれくらいわかるだろう。

電源を入れる。ＶＨＭＤのオペレーションシステムが起動。ホーム画面からアイゼン・イェーガーを選択。クラウドに置かれたゲームアプリが起動。

世界は一度消え——やがて、仮想現実《VR》が開かれた。

#03

空の青が、視界のすべてを覆いつくしている。

まぶしい。俺は空を見上げながら、つい手をかざしてしまった。だがこの太陽を見続けても目が焼かれることはない。

辺りを見渡すと、古びた一棟の倉庫が目に入った。

造りは貧相だがかなり大きい。三階建てのビルくらいの高さがあり、中に収まるのが車やボートのサイズでないことを想像させる。

蜃気楼に揺らめく遠景には、大規模な街の存在を示すシルエットが浮かぶ。

それ以外はどこまでも乾いた大地が広がっている。

現実には世界のどこにも存在しないこの光景も、俺にとっては見慣れたもの。

迫力や空気感は本物に近い。ここにいるという確かな体感があった。

アイゼン・イェーガーの人気の理由として、奥深いロボットアクションもあるが、こういった背景などの作り込みも高く評価されている。

「戻ってきてしまった……」

ついこの間の一世一代の決意は、いったいなんだったのか。

不可抗力があったとはいえ、早くも自分を裏切っていることに不安を覚える。

さて、伊予森さんはどこだろうか？

「あ、遠野くん。こっちこっち」

聞き覚えのある声に、振り返る。

先ほどまでだれもいなかったところに、涼しげな装いの少女がいた。

探検隊のようなショートパンツ。すその短いタンクトップの上からカーキ色のジャケットをまとい、袖をまくっている。デフォルトのアバターだけあって、砂漠や荒野というアイゼン・イェーガーの標準的なフィールドに似つかわしい姿だった。

彼女に視線を合わせてプロフィールを閲覧すると、『Iyo』と表示された。

「どうかしたの？」

イヨはなにやらもじもじと居心地悪そうにしている。

「なんだか、この格好……ちょっと恥ずかしいね」

彼女はむき出しのへそや脚を隠すように手を動かした。

ぼんやりそれを見ている俺を、イヨ――伊予森さんはジトッとにらんだ。

「これって、遠野くんの趣味？」

「!? い、いや、ちがうって。それは、デフォルトのアバターがそういう格好なだけで、嫌なら変えることもできるし、ただそれにも最初は資金が必要だから、すこし待ってくれれば、」

「冗談だってば」

イヨがおかしそうに笑う。

ありふれたアバターのものと同じはずだが、それはどこか特別なものに見えた。

「えっと、遠野くんのことは、なんて呼べばいい？」

「シー……シルト、で」

「うん。わたしはイヨ。よろしくね、シルトくん」

儀礼的な自己紹介をして、イヨがにっこりと微笑む。

ああ、いい。

まったく、ゲームは独りでやるものではないよな、ほんと。これだからゲームは独りでやるものだと思っている旧時代の連中は……。

「あ、クリスちゃんもきた！」

イヨと同じように、突然その場に人影が現れた。

イヨと似た格好の、女性アバターだった。

鮮やかな白金色の髪。本人と同じく身長が高くスタイルもいい。といってもそれはその背丈の女性アバターとしては標準的なもので、決して現実のクリスに合わせたわけではないだろう。

しかし、図らずも本人を連想させるそれをつい見てしまう。

「あのぅ、なにか……？」

「な、なんでも」

彼女のキャラクターネームは『Chris』と表示されている。

本人そのままというのはわかりやすい。

なぜかイヨとクリスは嬉しそうに手を合わせて再会を喜んでいる。そんなふたりに、俺は遠慮がちに話しかけた。

「それで、困ってるのはどういう……」

聞いた途端、見るからに意気消沈したクリスは、やがてぽつりと口を開いた。

「……何回も、いやがらせされてるんです」

「嫌がらせ？」

「いま、からんころん山っていうところを進めてるんですけど……」

「からんころん……？　あー、えっと、カラコルム山岳、かな」

「はい。それです」

かなり序盤のフィールドだ。たしか最後にボスとして多脚型の大型戦車が出現する。

「途中で、いつも襲われるんです。いつも同じ人、っていうかロボットですけど。すごくつよくて、みんなかならずやられちゃいます。そのせいで、だんだんあんまり友達もあつまらなくなってきて、ぜんぜん先にすすめなくて……」

「そんなことできるの？」

イヨが俺に問いかける。俺はすこし違和感を覚えながらも、

「うん、まあ。それは、このゲームにはそういうシステムがあるから」

プレイヤーがクエスト攻略中のほかのプレイヤーに戦闘を仕掛ける――つまりＰｖＰ（対人）要素は、アイゼン・イェーガーのゲームシステムとして備わっているものだ。ただでさえフィールド上の敵に苦戦しているときに、さらにプレイヤーの操る猟機から襲撃を受けると、クエストの成功率はぐんと下がる。

その緊張感もアイゼン・イェーガーの魅力のひとつだった。

「ただ、一応プレイヤーのレベル差が大きいと、攻撃判定に処理がかかって、ダメージが発生しないようにはなってるんだけど」

「レベル？」

イヨの問いに、俺は自分でやりながら説明する。

「メニューでステータス、開いてみて。そこの一番上に表示されてるパイロットレベル、ってところ」

「えっと……レベル１って、なってるよ」

「それが簡単に言えば、『どれくらいアイゼン・イェーガーをやり込んでいるか』のひとつの目安になるんだ。それが離れすぎている相手から攻撃を受けないように設計されてる。お互いが承認して行う決闘――デュエルマッチはべつとして、プレイヤーへの一方的な襲撃行為はレベル差がある

と一方的な蹂躙《じゅうりん》にしかならないから……」

ＰｖＰ要素に関してはプレイヤーのモチベーションやゲーム世界の風紀に影響してくるため、さきほど言ったような初級プレイヤーを守る仕組みがシステムに組み込まれている。

あくまで、システム的には、だが。

「じゃあ、これは相手も同じくらいのレベルの人ってこと？」

「普通はそうだと思うけど、ただ何回もってなってくると……。クリス、のチームは、その相手に負けたんだよね……？」

「……はい」

クリスが悔しそうにうなずく。

「だとすると、相手は経験値を獲得してレベルが上がるはずなんだ。プレイヤーを倒したときの経験値は普通の敵を倒すより大きいし、低レベル帯はレベル自体がかなり上がりやすく設定されてるから、えっとなにが言いたいかっていうと、一度や二度襲われることはあっても、そうそう同じ相手から何度も襲われることは自然となくなるはず、ってことなんだけど……」

説明を兼ねてそこまで口にしてみたが、それでも同じ相手に襲われているということは、実際にはそうはなっていないということだ。

「なんか、悪いことしてるんじゃない？」

イヨが怒った表情を浮かべる――正確には、ＶＨＭＤが検知した伊予森さんの感情にアバターの表情が連動する。

「どうだろ……。ゲームの運営に通報とか問い合わせは、した？」

「えっと……聞いてはみたんですけど、なんだかちょっとむずしかくて。でも、たぶん、いまお兄さんが言ったみたいなことが、メールには書いてました」

「これだからここの運営は……」

イヨが険しい表情で、ぼそりとつぶやいた。

「え？」

「あ、ううんなんでも！　でも、ひどくないそれ？」

「うん……。ただ、やっぱりそんな風に返ってきたってことは、システム的な不正やずるはしてないってことかも……」

「そんな……」

俺が相手の肩を持つようなことを言うと、クリスの顔が曇った。

たしかに、不正ではない。そうなると、ほかに考えられるのは、

「……レベルを、調整してるのかも」

「？　どういうこと、ですか」

クリスがきょとんと首をかしげる。

「パイロットレベルは、基本的には上がるだけで下がることはないんだけど、かなり後半のフィー

ルドまで行くと、全滅するとレベルが下がるところがある。そこは毒ガスが充満している朽ちた研究都市、っていう設定なんだけど、そこで敵——ガイストに撃破されると、そういうペナルティが発生する。敵も強いし、あそこは俺も苦労したっけ……」

ふと遠い目をした俺を、ふたりがじっと見つめた。

「と、とにかく、そこでわざと全滅して、レベルを下げるってことはできる。システム上は不正をしているわけでもないから、強制的にやめさせるってことは、ちょっと難しいかも……」

「そう、なんですか……」

俺の説明を理解すると、クリスの声は力なく沈んでいった。

口には出さなかったが、だいたいの状況がわかってきていた。わざわざそんなことをやる理由はひとつしかない。

これは初心者狩りだ。

それだけならまだしも、特定のプレイヤーを追跡して狙うのは、明らかに度をこしている。悪質な行為だといっていい。

「やめてください、って言いに行こう！　直接言えば、わかってくれるかもしれないし」

イヨがはりきって言った。

「え？　ああ……まぁ、たしかに」

呆気にとられたものの、それができれば一番穏便な解決策かもしれない。

「クリスは、その人たちのアバターネーム、わかる?」

「……覚えてないです。べつに、知りたくも……」

イヨが困ったように俺を見た。俺はすこし間を置いて、

「履歴に残ってるから、そこから調べられるよ。メニューのコンタクトログってところ」

俺が自分のメニュー画面で説明してあげたものの、クリスはうつむいたままだ。

そりゃあ、そんな相手にわざわざこちらから会いに行きたくはないだろう。

とはいえ、こうやって一方的にやられて泣き寝入りというのも、可哀想だった。

「まあ、なんとかするから」

俺の気楽な発言を聞き、ようやくクリスは顔を上げた。

なんとかする。

そんな、さも自信ありげな言葉を俺が口にできたのは、ごく単純な理由。

ここが「現実」ではないからだ。

「……はい」

クリスがログを確認するのを待った。しばらくして、

「あの、見れました。K-KAZUKIって、書いてます」

アバターネームで検索すると、ずらりと該当するプレイヤーの名前が表示される。クリスのログを見せてもらいながら、すぐに相手を特定した。オンライン状態だ。

つまり俺たちと同じように、いまこの《ジ・アフター》の世界にいる。

「ミッドガルドのパーツショップにいるみたい」

「よしっ！　それじゃあ行こっ」

イヨが元気よく手を上げる。

メニュー画面から［フィールドの移動］を選択。街のひとつである［ミッドガルド］を選択。実行。一瞬で世界が転移した。

◆　◆

イーストユーラシア第００１解放区域《首都ミッドガルド》

大災害により高度文明が崩壊した後の世界――《ジ・アフター》。

人々はかつての国家や科学技術を失いながらも、高度文明の産物が残る《遺跡》を探索し、そこから資源や技術を発掘し、かつての繁栄を取り戻そうとしていた。

だが遺跡を含む、世界の大半を覆う未開拓地には、旧高度文明時代に残された、半永久機関を搭載した機械が野生化し、人々を襲うようになっていた。

《ガイスト》と呼ばれる、人類を脅かす存在である。

人々はそれに対抗するため、遺跡から発掘した資源により、強力な兵器を造り上げた。

それが人型戦闘兵器《猟機／イェーガー》だ。

いまや猟機と、それを操る猟機乗りたちは、人々をガイストの脅威から守り、世界の開拓にとって欠かせない存在となっていた――

これが、アイゼン・イェーガーの世界設定だ。

俺たちがやってきたのは、そんな《ジ・アフター》において、もっとも巨大な都市だ。

「うわぁ、すごいね」

イヨが感嘆の声を上げる。たしかに初めて見る人は圧倒されるだろう。

彼女が見上げていたのは、広い通りに沿うように屹立《きつりつ》した、いくつもの猟機だった。

イーストユーラシア第001解放区域・首都ミッドガルド。

《ジ・アフター》に存在する街ではプレイヤーが最初に訪れる場所だ。

世界の中心ともいえる巨大な城下町で、常に多くのプレイヤーで賑わっている。

「ここはなんなの？」

「この中央区画は商業エリアで、猟機用のパーツショップが集まってる。猟機に関するものは、だいたいここで揃うよ」

首都ミッドガルドは大きく中央区画、北区画、東区画、西区画、南区画に分かれている。

俺は手元に浮かべたメニュー画面から用語集を開いて、俺たちがいまいる場所の説明文を、イヨに見せてあげた。


【ミッドガルド中央区画】

ミッドガルド最大の商業区画。猟機関連からアバター関連まで、さまざまなオフィシャルショップが多数存在する。ミッドガルドの中心を縦に貫くセントラルストリートは巨大なガレージの猟機用パーツショップがいくつも並び、別名「巨人通り」とも呼ばれる。


実際、そこは巨人の街だった。

まるで街路樹のごとく沢山の猟機が野外に置かれている一方、それを覆い隠すような巨大な建物も、あちこちに建っている。中に入っているのは、当然猟機だ。店によって建物の形状はちがうが、ひとつ共通して言えることは、ここにいるとスケール感が狂ってまるで自分が小人になった気分になれるということだろうか。

この中央区画のほかにも、プレイヤー同士の試合を行う闘技場の置かれた東区画や、プレイヤー自身が経営する店が集まった南区画など、色々な機能がこの街に集約している。

「どこのワールドでも、大抵ここは混んでるんだよね……」

「たしかに、なんか、いろんな人がいるけど……」

行き交う人ごみには、なぜかときおり侍や騎士の姿のアバターまでいる。たしかあんなコスチュームもショップで売っていたな、と思い出す。リアリティを重視するなら、あんな姿で猟機の操縦席には入れないだろうが、そこは遊び心だ。

「それで……例の人は、どこ？」

簡易登録しておいた例のプレイヤーを検索すると、その居場所が頭上に矢印で表示された。

「あっちだ」

俺はふたりを連れて、猟機のパーツを扱うオフィシャルショップのひとつに入った。

すると、店のフロントの前で話しているプレイヤーの集まりがいた。

矢印に従ってそのうちのひとりにカーソルを合わせて、プロフィールを閲覧する。

K-KAZUKI――あれだ。

「あ、あのひとです……」

クリスが指差したそのプレイヤーは、砂漠色のジャケットに身を包み、いかにも主人公然としたかっこいい見た目をしていた。以前の俺のアバターといい勝負だ。

近づいて立ち止まると、向こうがこちらに気づいた。

「なに？」

「あ……えっと」

相手のぶっきらぼうな態度を前に、俺は言葉に窮した。

べつにゲーム内だからといって、コミュニケーションが上手くなるわけではない。俺にとっては多少は現実よりマシという程度だ。

いま思うと、まだ普通に会話できていただけ以前のチームメイトは希有な存在だったのだろう。もっとも連携プレーをあまり取らず、個人技にばかり執着していた自分は、決して心から打ち解けていたというわけでもなかったが。

「あのっ」

どもる俺に代わるように、イヨが率先して話しかける。さすが伊予森さん。

「この子のこと、付け回してひどいことしてますよね？」

「……はぁあ？」

K-KAZUKI――カズキは、大仰に聞き返した。

周りの仲間も同様に呆れ顔をしている。

「おれたちが？　なに言ってんの？　人違いっしょ」

こいつはしらを切っている。

俺でも一目でわかったほどに、カズキの態度は露骨に挑発的なものだった。だが伊予森さんはまったくひるむことなく、

「そういうの、よくないと思うんですけど。もうやめてください」

ゲーム上とはいえ、初対面の相手にここまではっきりと言えるとは。

彼女は、ただ見た目が天使な美少女ではない。強い芯を持っている。

イヨが真摯に話そうとするも、相手の反応は冷ややかで刺々《とげとげ》しいものだった。

「あのぉー。リアフレでもないのにぃ、いきなり干渉しないでもらえますー？」

カズキの仲間が面倒くさそうに言った。

「つうか、なに、あんたら」

カズキが俺たちを――正確にはこの俺を見て、あざ笑った。

アバターを見るだけで、どの程度プレイ歴があるかはだいたい予測がつく。

特定のフィールドを攻略したり、ある敵を撃破しなければ得られないアイテムがある。それにアバターの服装のような、猟機の性能に影響がないものに資金を投じるのは、ある程度攻略が進んだプレイヤーだけだ。このカズキたちのように。

それに対して、完全に初期状態のままのアバターの俺やイヨは、いかにも「今日はじめました」という初心者に映るのだろう。

「チュートリアルからやったほうがいいんじゃないの」

「ふざけないでください！」

イヨが声を上げる。

だがカズキと仲間たちは、ケラケラと笑い合うだけで真面目に聞こうとはしない。

「そういう保安官ごっこは対人ができるくらいになってから言ったほうがいいな。つうわけで、さっさと消えろよ」

相手が言いたい事を言い終えるのを待って、俺はようやく口を開いた。

「じゃあ、あの、やります？」

「……なに？」

「対戦」

俺の言葉は、そこにいる人間たちにゆっくりと浸透した。

だれもが驚いているなか、イヨが、

「と……シルトくん、いいの？」

「あ、うん。デュエルマッチで、どうですか。俺が勝ったら、やめてもらえないですか」

「……へぇ、おもしれえ」

カズキが凶暴な笑みを浮かべた。

その言動と表情に、アバター上の主人公めいた雰囲気はもはやない。

「ああ、いいよ。おもしれ。うん、じゃあおまえが勝ったら、言うこと聞いてやる」

「ども……」

「ついて来いよ。どこがいい？」

デュエルマッチの舞台となる戦闘フィールドを聞いているのだ。

「どこでも」

イヨとクリスは、不安そうにこちらを見ている。

「シルトくん……」

「大丈夫。俺と一緒に、移動して」

メニューを呼び出しフィールドを選択。俺たちは転送を開始した。

#04

セントラルユーラシア第１２０封鎖区域《荒原》

そこは無人の荒野だった。

先ほどまでの活気あふれる賑やかな光景から一転、寒々とした原野がどこまでも広がっている。

吹きつける乾いた風。それに運ばれて舞い上がる砂塵。かつての文明の死骸。

ここにあるのは、それだけだ。

これがアイゼン・イエーガーの世界。

これがアイゼン・イエーガーの戦場だ。

隣に立つイヨも、寒くはないだろうが、無意識のうちに身をさすっている。

「こんなところで、戦うんだ……」

「ここは、たぶん一番標準的なフィールドだよ」

どこでもいいと答えたのは、べつに強がりではない。

どこだろうと知っている。高校に入るまで、ほぼ毎日いた場所だ。《ゼロ・エリア》と呼ばれる不可侵領域（ゲーム内で解放されていない特殊フィールド）以外であれば、隅から隅まで知っている。

すこし前方に、カズキたちがいた。

にやにやと薄ら笑いを浮かべている。

「先に言っとくけど、このゲームは、強いやつと弱いやつの差が激しいからな」

「ぁ、はい」

「じゃあいくぞ。ロード！」

カズキは腕を横に振るポーズをとりながら、猟機の呼び出しコマンドを叫んだ。

その周囲の空間に虹色の光が集まる。

光がひときわ大きく輝いた後、なにもなかったその場所に、鋼鉄の巨人が出現した。

物質として定着した機体が大地に立ち、砂埃が膨れ上がる。

ド派手な赤と金色の重量級の猟機。

この世界には遺産の技術のひとつとして物質転送がある。

これは猟機の運用に広く利用され、平均重量二〇トン、全長七メートル超の猟機をあらゆる場所に一瞬で出現させる。火器の装弾にも使われており、猟機が携行可能なサイズの武装に、見た目と

は比較にならないほどの装弾数を与えている（という設定だ）。

プレイヤーは戦闘可能フィールドなら、どこでも自分の猟機を呼び出すことができる。

「……ロード」

俺も、もう何度口にしたかわからないコマンドを唱える。

同様にして、光の中から俺の猟機が出現。

こちらは、さきほどゲームスタート時に選択したままの、初期状態の猟機。カラーリングも変更していないので、味気のない灰色だ。

機体の呼び出しと同時に、俺のアバターは窮屈な操縦席の中へと移っている。

見慣れた光景。自分の部屋よりも、居心地のよい場所。

『うっわ、やっぱ未改造かよ』

『初期機体!?　マジ？　しかも一番つかえねー軽量機じゃん』

『これはもう、やる前から結果見えましたねー。はーいどうも乙《おつ》でしたー』

こちらの機体を見たカズキとその仲間たちは、口々に噴き出した。

アイゼン・イェーガーというゲームは、この《猟機》を中心に設計されている。

アバターのステータスが強さに直結するタイプのゲーム――つまりアバター自身で戦うようなRPGとはちがい、このゲームにおける「強さ」とは、すなわち「猟機の性能」を指す。

猟機の火器の威力が攻撃力となり、猟機の装甲の厚さが防御力となる。

だからプレイヤーは、クエストや対人試合の大会などで経験値と資金を稼ぎ、それによって猟機を強化することで「成長」していくことができる。

もちろんパイロットレベルもただの飾りではないのだが。それはともかく。

向こうの猟機は、見るからに高価で高性能な武装を積んでいた。

猟機の全身には、武装を保持《マウント》できるハードポイントがいくつもあり、そこに武装を装備することができる。左手。右手。背面。さらにカスタマイズしていくことによって、頭部や肩、脚部にも武装やそのほかの補助的装備を付けることが可能だ。

敵機の肩の後ろからは、長い砲身が突き出ている。

（あれはグレネードキャノン〈ＫＡＧＵＴＳＵＣＨＩ〉か……。背負ってるコンテナは垂直発射式《VLS》ミサイル。遠距離戦メイン、なのか）

ゲームに習熟すると、敵機の性能――主兵装がなにか、それによりどんな戦い方を主眼に置いているかが、シルエットだけで推察できるようになってくる。

これはアバターのスキルでも機体の性能でもない。単純にプレイヤー自身の経験知であり、能力だ。これればかりは、システム的に入手することはできない。

カズキたちはまだ、こちらの機体の貧相さをネタにして笑いあっている。

俺は機体の足元で不安そうにしているイヨとクリスに向けて言った。

「二人はそのまま待ってて。戦闘がはじまると、参加しない同じチームのプレイヤーは、自動的に観戦ポイントに移動するから」

『う、うん……』

『あの！』

　これまでずっと静かにしていたクリスが、めずらしく声を張った。

『がんばって、ください……』

　あまりにリラックスしていた俺は、その切実な様子にかえって申し訳なさを感じてしまった。

　クリスを見て、機体の頭部でしっかりとうなずき返す。

　一対一のデュエルマッチ。

　俺が一番得意な方式だ。仲間との連携とか、綿密なコミュニケーションとか、そういう面倒くさいものが必要ないから。

　デュエルマッチを申請し、カズキを選択。向こうも同様の操作をし、申請が受理される。

　ふたたび視界が切り替わり、同じフィールドの別地点へと一瞬で転送された。

　俺とカズキの猟機は、互いにフィールドの両端につく。

　このように公平な状況ではじまるのは、デュエルマッチならではだ。通常の攻略エリアなら、いきなり背後から敵やプレイヤーの猟機に襲われてもおかしくない。

　操縦席の中はかなり狭いが、全天周モニターにより視界は広かった。モニター正面に流れるように文字列が表示されていく。

<< BATTLE MODE: DUEL MATCH >>
<< FIELD: PRIMITIVE WILDNESS >>
<< K-KAZUKI VS Schild >>

READY GOの表示とともに、戦闘の狼煙《のろし》が上げられた。

『うらぁ！』

オープン状態のボイスチャットから、カズキの叫びが聞こえた。

開幕砲撃。

俺の視界の前方で、巨大な火の玉が炸裂。

炎と粉塵《ふんじん》に包まれ、近くのビルの残骸が崩れ落ちる。

さきほど見たグレネードキャノンの砲撃だ。

余波がここまで伝わり、機体外部の空気を振動させている。

だが、それだけだ。この距離では届かないし、当たるはずもない。

グレネードキャノンは威力は高いが、装弾数が少ない兵装だ。それを無駄弾《だま》とは、ずいぶん景気がいい。

索敵スキャン。敵猟機との距離を確認する。

機体背部とメインスラスターの各部のサブスラスターを使うブーストダッシュで、荒野を正面から横切って接近してくる。驚くほどに堂々というか、無防備だった。

ロックオン警報。

敵機が背負ったコンテナから、白い煙を引いてミサイルが発射される。

ミサイルは垂直に上がり、上空高くへと飛翔した。

俺はしっかりとそれを視認しながら、巨大な立体道路の残骸へと近づく。

ミサイルが高速で迫る。

十分に引きつけたあと、立体道路の陰に機体を滑りこませた。

ミサイルが瓦礫にぶつかり爆散する。

全弾回避。猟機にダメージはない。

陰から覗くと、敵機がさらにミサイルを打ち上げるのが見えた。

目測で発射数を数える。十二発。あのタイプのミサイルランチャーの同時発射最大数が、次々と残骸の壁に衝突し、炸裂していく。

重々しい爆発音が多重に轟き、瓦礫をまき散らす。

だがこちらには一発も届いていない。

あのＶＬＳミサイルの装弾数は、非改造時で六十発なので、フルで撃てるのはあと四回。だが相手に惜しんで使う意図はなさそうだった。

加えて遠距離戦がメインの機体構成にもかかわらず、どんどんと距離を詰めてくる。

相手の力量がどの程度か推し量るのは、重要なスキルだ。

（あ、こいつ……）

裏をかく。裏の裏をかく。

この戦術は通用するか？　それとも手痛い反撃を食らうか？　隠れるべきか？　だとして自機の位置はバレていないか？　誘い込まれていないか？

移動し、牽制し、最も効果的なチャンスを狙う。

それらは自分と相手の力量の差によって、無限に変化する。

随行する管制機に優秀なオペレータがいれば、戦術を助言してくれる。だがオペレータなしのデュエルマッチでは、戦うプレイヤー自身でそれを判断するしかない。

だが今回、それを見抜くのは簡単だった。

ブレーキペダルをキック。急停止。続いて左のモーション・スティックを引き、上方を指向。ラストペダルをキック。ブーストジャンプ。

スラスターの推力によって押し上げられ、俺の猟機は瓦礫の山から飛び出した。

下方に敵猟機。照準。

トリガー。

放たれた対猟機用の徹甲弾が、敵機の肩に直撃。装甲を打ち砕く。

カズキの操る機体は慌てたように横にスライド移動。またミサイルを発射しながら、両手のマシンガンを乱射してくる。

俺はふたたび、機体を大きなビルの残骸の裏にひそませた。

敵の攻撃によりビルが盛大に破壊されるが、そのときすでに俺の機体は移動している。

『くそっ、なんだよ！』

平面的で、単純な動き。

それに冷静じゃない。頭に血が上っている。攻撃を受けてすぐ強引にやり返そうとするから、動きが単調になり、隙ができる。余計に被弾する。さらに苛立つ。その悪循環。

自分も最初は同じだった。だからわかる。

ちがいがあるとすれば、ただひとつ。

頭のなかを、これまで対戦した無数の強敵たちの姿がよぎる。

そこから俺は地道に這い上がっていっただけだ。

中学生活を全力でドブに投げ捨てた（※捨ててしまった）俺を、なめてもらっては困る。

『おい、逃げてるだけかよ!?』

カズキが叫ぶ。

回避運動を逃げるというのなら、その通りだ。

わからないのか。

逃げるのは、敵に先に致命傷を与えるためだということを。

階段状の瓦礫を駆け上がり、ブーストジャンプ。さらにスラスターの角度を変えて空中を水平に飛翔。敵機の頭上を飛び越える。

サイドスラスターによる急速旋回。あとは自由落下に任せるだけ。目をつぶっていてもできる。

大量の砂埃をまき散らし、敵機の背後に着地。

向こうにとってはいきなり後ろに出現したように感じたかもしれない。見失っていた証拠に、二回は斬り捨てられる間を置いて、敵機が振り返った。

ソードのレーザーを出力。モードを切り替えたモーション・スティックで、切断面を入力。

トリガーを引く。

入力した軌跡に従い機体が反応。俺の猟機はレーザーソードを下からすくい上げるように振り抜いた。

肘から溶断された敵機の左腕が、握ったマシンガンごと宙を舞う。

『な、なんで……！』

斬り飛ばされた巨人の腕が地面を転がり、敵機が慌てて後退する。この状況で亀のような徒歩での後退。スラスターを吹かすのも忘れている。相手の動揺が手に取るようにわかった。

俺はあえて自分から引き、もう一度距離を空けた。

頬がゆるみ、口元が自然とほころんだ。

この感覚。

この感覚に、ずっと溺れてきた。

相手を力で否定する感覚。

遅い。鈍い。浅い。拙《つたな》い。ただ、ただただ「弱い」――

「甘いんだよ」

一発しか撃っていないハンドガンを放り捨てる。こんなもの必要ない。

敵機の射線上に機体を躍らせた。

ロックオン警報。敵機がグレネードキャノンを構える。

大量の燃料消費と引き換えに猛加速を得る特殊マニューバ――アフターブースト。

弾丸となり大地を疾《はし》る。後方にグレネードが着弾。

巨大な爆発炎を背にさらに加速。

猟犬のごとく強襲する。

これこそが、猟機の戦い方だ。

サイドブーストを駆使し、小刻みに機体を振りながら接近。向こうの射撃はまったく照準が定まっておらず、撃つのに必死で足が止まっている。

敵機に肉薄。

砂塵をまき散らしながら踏ん張り旋回。敵機の斜め後方で急停止。

『は――』

レーザーの白刃が、敵機の胸部から飛び出した。

致命の一撃。

脇下から敵機の中枢を容赦なく貫いたレーザーソードを、俺は乱暴に引き抜いた。

力を失った赤と金色の巨人が、ひざをつき、ゆっくりと前方へ倒れた。重々しい響きとともに砂埃が舞い上がる。

<< TARGET DESTROYED >>

撃破認定。

デュエルマッチは、俺の勝利で終了した。

◆　◆

「セーブ」

俺は猟機の格納コマンドを唱えた。呼び出したとき同様に、今度は機体が光の中に消えて自分のドック――最初に見た格納庫に戻っていく。

俺たちのアバターも自動転送される前の位置に戻り、全員がその場に集まっていた。

カズキとその仲間たちは、俺を見て唖然としていた。

「初期機体で、勝ちやがった……」

「バケモンかよ……」

イヨとクリスも同じように、俺に幽霊でも見るかのような顔を向けている。

俺は戦闘の最中よりも緊張しながら、口を開いた。

「じゃ……約束、守ってもらえますか。もうクリスには、ちょっかい出さないで、ください。あと、できれば初心者狩りも、やめてもらえると」

「！　んなこと……」

「じゃないと、機体を何回も直すことになるかも」

「……！」

俺の言葉に、カズキはようやく気づいたようだった。

猟機の修理代は相当なものになるだろう。

自分のドックに戻ったとき、大破した機体を前に頭を抱えるかもしれない。

高性能なパーツで固めた機体にも欠点がある。それはその修理費用も応じて跳ね上がってしまうことだ。資金がなければしばらくは自慢の猟機では出撃できないだろうが、そのシビアさもまた、アイゼン・イェーガーの特徴のひとつだ。初期猟機のパーツは売却することができないため、最低限の機体は組めるだろう。

　賞金の出る大会などもあるが、そういった荒稼ぎができる実力がなければ、地道にクエストをこなして、こつこつ金を貯めるしかない。慣れたプレイヤーほど面倒な作業のはずだ。

「……わ、わかったよ」

　カズキはどこか不気味そうに俺から目をそらしてメニューを呼び出し、そそくさとフィールドから転送していった。

　一抹の寂しさが、そっとこみ上げてくる。

　これで本当に最後だ。

　終わりに人助けができたのなら、それも悪くない。

　ようやく本当にやめることができる。

　俺はメニュー画面を呼び出し、そっとログアウトした。

#05

「兄貴、彼女できたの？」

　夕食の席で篤士が言った。

　俺は味噌汁を噴き出しかけた。またしても気管に入り激しくむせ返る。

「あっ、篤士、おまえなに言って、」

「うそ！　そうなの、盾？」

さっそく母親が嬉々として食いつく。やめろ。この手の話を母親とだけはしたくない。

「……黙秘する」

「って、そんなわけないわよねー。この子に彼女なんて、宝くじを当てるより無理ね。やぁ～っとひきこもってゲームするのをやめてくれたけど、まだ彼女なんて、ハッ」

ちゃんちゃらおかしい、みたいな顔で母親が俺を嘲笑する。

殴りたい、この笑顔。

「でもさー詩歩は見たんしょ？　すげー綺麗な人だったたって」

「！　ちが、その、あれは、」

「そうなの詩歩？」

詩歩は良い姿勢で茶碗を持ちながら、

「ええ。今日のお昼頃、兄さんが連れ込むのを見た。二人。ひとりは黒髪のロングヘアーの美人で、もうひとりは金髪の子。モデルみたいだった」

「連れ込むっておま、」

「金髪って、まあ、不良？」

「外国人？　ハーフとかなんじゃないの？」

「うっわ、インターナショナ～～～ルゥ♪」

きゃっきゃわいわい。

口を挟む隙もない。三人は俺を差し置いて勝手に盛り上がっている。父親が帰ってきていれば、これが四人に増えるだけだ。

まったくもってステキな家族だ。ちゃぶ台返ししたい。

「まーでもさ、兄貴にも彼女できたら会いたいなー。オレなんかこの前リコちゃんと別れちゃったしさー」

「………なに？」

「ん？　だからリコちゃんと喧嘩別れしちゃってさぁ。いやー短かったなぁ。まだ三ヶ月だよ？」

「あら、そうなの？　いい子だったのに」

母親と弟ののほほんとした会話は、俺にはまったく穏健ではない。

愕然《がくぜん》と俺は口を開け、サッカーで日に焼けた弟の顔を凝視する。

「つうか、え、なに……。おまえ、彼女いたの……？」

「べつにいたっておかしくないっしょ？　オレだってもう中二だよ」

世界は狂っている。

無性に、無性に腹が立ってきた。

「滅びろ……」

俺は震える手で箸を握りしめた。


学校はいつもと変わらなかった。

教室は騒がしい。高校といっても、中学とたいした差はない。

相変わらず、俺の席は孤島のままだった。一番前は好きではない。早く席替えしたかった。しかしそうすると、伊予森さんと離れてしまうかもしれない。それは嫌だ。

「遠野くん」

伊予森さんの声に振り返る。

伊予森さんもまた、いつもと同じく、親しげな微笑を浮かべている。

「昨日は、ありがとね」

「あ、ああ、うん……」

――付き合ってるって誤解されちゃうかもね。

あの言葉を思い出し、すこし顔が熱くなった。周りに会話が聞かれていないか、一丁前にも気になってしまう。もっとも、本当に誤解されることなどないだろうが。

「クリスちゃん、すごく喜んでたよ。あと、かっこいいって褒めてた」

「そ、そう……」

これは、素直に喜んでいいのだろうか。なんとなく、「パソコンの大先生」と同じ匂いの褒められ方のような気がする。

いや――

ここは、額面通りに受け取ろう。

どのみちいまの俺が人のためになにかできるとしたら、本当にそれくらいなのだから。

「……わたしも、その、思ったよ」

ふいに耳元に届いたその言葉に、俺の脳はまたしても思考を停止した。

なにか口にしかけたときには遅かった。

伊予森さんはすでに背を向け、自分の席へと戻っていく。すると、すぐに周りにクラスメイトたちが集まってくる。

それを呆けたように眺めながら、俺は思う。

もしも。

万が一にも、これが彼女と仲良くなれるきっかけになってくれたのだとしたら。

ドブに捨てた中学生活も、悪くなかったのかもしれない。

その日初めて、俺はこれからの高校生活に希望を持てるような、そんな気がしていた。

◆

◆

学校からの帰り道。

住宅地のど真ん中を横切る通りでは、小学生の姿もよく見かけた。どうやら近くに小学校があるようだ。俺は穏やかな気持ちでのろのろと自転車をこいでいた。

交差点で一時停止していたとき、十字路の向こうから現れたひとつの人影に、自然と視線が吸い寄せられた。

頭の横で大きく二つにくくったブロンドが、きらびやかな装飾品のように揺れている。

やがて向こうもこちらに気づき、立ち止まった。

先日のあの子――真下クリスだった。

この前とはちがいスカート姿だ。すらりとした立ち姿とくっきりと凹凸のついたスタイルは、やはり中学生とは思えない。制服でもないので、私服の中学校なのだろうか。

ところで、彼女はなぜか、赤いランドセルを背負っていた。

それは実に奇妙な光景だった。

「や、やあ……。こんちは」

とりあえず声をかけてみたものの、クリスの反応は芳しくなかった。

いや、というよりひどく驚いている様子だ。目を丸く見開き、口を手でゆっくりと覆った。

そして、バネ仕掛けのようにいきなり頭を下げた。

「ご、ごめんなさい！」

「え？」

「……あたし、お礼を、なにも。なにか、しないとって、ほんとはっ……」

クリスの言葉は途中で消え入ってしまう。だが、なんとなく意味は察した。

「あ、気にしないで。俺はたいしたことしてないし、べつにほんと」

「そんなことない!!」

閑静な住宅街に、透き通るような大音声が響き渡った。

クリスははっとを口をおさえる。

その白く美麗な顔が見る見るうちに朱に染まっていく。

「ほんとに、あの、あたし、感動して……。あんなふうに、助けてもらえて、友達とも、またいっしょに遊べて、すごく」

クリスはたどたどしく語る。

俺はあっけにとられていた。

クリスは俺から目をそらし、頬を染めている。なぜかこちらまで恥ずかしくなってくる。

気まずい沈黙が横たわる。

なんだ？　こういうとき、なにを言えばいいんだ？

とにかくなにか話題を――

そこでさきほどから気になっていた、彼女が背負ったランドセルに目がいった。

「えっと……それは、妹さんのとか？」

「？」

指差す俺に、クリスはきょとんとしている。

「あ、だから、なんでランドセルなんか持ってるのかなって。妹さんとか、だれかのか……」

「妹なんか、いませんけど」

「そ、そうなんだ。じゃあ、えっと、だれの？」

なんだろう、このへたくそな会話は。べつに俺だって、そのランドセルが誰のものかなんてどうでもいい。ただとっさにほかの話題が思いつかないだけだ。

「だれの……って、あたしのです」

クリスが困惑しながら答える。

「あ、なるほど」

なにを当たり前のことを聞いてしまったのだろう。そりゃあ、そうに決まってる。ランドセルを背負っていれば、それは当然の――

彼女の顔を見た。

そのとき、俺はどんな間抜けな顔をしていただろう。

意味がわからない。

あたしの？

混乱した頭が、かろうじてひとつの質問を導き出す。

「……きみって、何年生？」

「小六、ですけど」

彼女の歩いてきた方向に、大きな小学校の校舎が見えた。

つまりは、そういうことだ。

金髪碧眼《へきがん》でスタイル抜群の少女が、もじもじと身体を揺らしている。

「あ、あのぅ。シルトさんって……」

「俺は遠野なんだけど……」

俺の使い捨てアバターの名前を口にしながら、クリスはどこかぼうっとした表情で、こちらを見つめている。

俺はすっかり動揺し、混乱していた。

次はなんだ。実は男なんです、とかか。やだ。こわい。もうやめてくれ。

「付き合っている人とか……いますか……？」

「や、いない、けど」

クリスがぱっと顔を明るくする。

その表情は実に子供らしく、純粋なものだった。たぶん彼女本来の元気さを取り戻したクリスは、瞳をきらきらと輝かせながら、言った。

「じゃああたしと、つ、付き合ってくれませんか！」

その日、そのとき。
生まれてはじめての告白というものを、俺はされたのだった。
——小学生から。

このときの俺は、まだなにも知らなかった。
彼女によって、これから巻き起こされる波乱を。
彼女が俺に近づいてきた、本当の理由を。

自分がまた、あの鉄と熱砂の戦場に舞い戻るということを。

第二話　旋風の軍師

#06

どうやって帰ったのか、あまり覚えていない。

……と今度も言いたいところだが、実際には何事もなく自転車で家まで帰り、夕飯を食べて、風呂に入り、コント番組と深夜アニメを見てその日は寝た。

なにも変わらない日常。

それに徹することで、俺は平静を取り戻そうとしていたのだろう。

「あ、遠野《とおの》くんおはよう。昨日、クリスちゃんと会ったんだね？」

だから登校してすぐの伊予森《いよもり》さんのその言葉は、俺を心底震え上がらせた。

「ど、どど、どうして、それを」

「……いつにも増して、どもってるね」

伊予森さんは苦笑していた。

いつもそう思われていたようだ。なんてことだろう。自分としてはわりと自然な受け答えをしていたつもりだったのに。いや、そんなことはどうだっていい。

まさか、もう知っているのだろうか？

クリスの、あの告白に、俺は返事をしていない。できるはずもない。

頭からつま先まで固まった俺は、あ、お、とか単音を発するのが精一杯だった。

幸か不幸か、クリスは回答を急《せ》かす様子はなく、それじゃあまた！　と元気よく手を振って帰っていった。その後ろ姿は実に無邪気なものだった。

唯一、その背に揺れるランドセルさえなければ。

「妹から聞いたから」

「あの、伊予森さんの妹さんって、いま……」

「いま？　小六だよ。四つ下なんだ。ここの近くの小学校」

そういうことか。

やはり間違いない。もはやなにかのコスプレかもという現実逃避すら無理だ。

「？　なにかあったの」

「なにもないよ!?　なにもね！」

「う、うん」

俺の食い気味の反応は伊予森さんを困惑させてしまったが、べつの意味でほっとする。

どうやら、告白のことまでは伝わっていないようだ。

だが油断はできない。もしクリスが伊予森さんの妹に話していたら、いつそれが伊予森さんの耳に入ってもおかしくはないだろう。

たとえ自分からではないとしても、小学生とそんな関係になっていると聞いたら、伊予森さんはどう思うだろうか？

――えっ、遠野くんってそっち系の……。

嫌な汗がじわりと浮き出た。

なんとかしなくては。

とりあえず、今日はまっすぐ帰って対策を考えよう。

この日一日、俺は授業もそっちのけで、かつてない難問に頭をめぐらせたのだった。

だが俺はまだまだ甘かった。

すでに降りかかった問題のことで頭が一杯で、これから降りかかる災いのことなどよもや考えもしなかった。

いつだって世の中は俺の予想を超えてくる。

そう、たとえばこんな風に。


「シ・ル・トさん♪」

校門を出たところで、俺は愕然《がくぜん》と立ちつくした。

透明感のある金髪。健康的に伸びた手足に、膨らみとくびれの付いた身体つき。

そして真っ赤なランドセル。

クリスが校門の前に立っていた。

彼女が背負ったそれが、まるで爆弾のように感じられた。

「な、なんで……」

「へへ、来ちゃいました」

出ていく中央高校の生徒たちが、何事かとこちらを見ている。

来ちゃった。

いつか女子に言われてみたいと妄想していた言葉だったが、実際に言われてみると、それは予想とはまるでちがった。こんなに恐ろしい言葉だったとは。

昨日の夜に調べたところ、クリスの通っている小学校はここから一、二キロほど離れたところにあるようだった。歩いてもそこまで時間はかからない距離だ。

迂闊《うかつ》に過ぎる。が、どうすべきだったというのか。

「シルトさん、どうかしました？」

「あ、あのね、俺の名前は、遠野なんだけど……」

「ねぇ、シルトさん。よかったら、今度いっしょに……」

聞いちゃいない。

ふと、俺は周囲の視線に気づいた。

その場にいたみんなが、物珍しげに俺たちを見ている。

（なにあれ……）

（うそ、小学生と？）

（ロリコンってやつ……？）

（事案よ事案！）

ざわ……ざわ……。

実際はそんなことは言っていないのだが、そういう心の声が聞こえてくる気がした。

やばい。

このままでは、ただでさえぼっち道まっしぐらの高校生活に本当に終止符が打たれてしまう。

「ちょ、ちょっと来て！」

「え、デートですか？」

目を輝かせるクリスを引っ張り、俺はその場から逃げ出した。

◆　◆

とりあえず、近所の公園に逃げ込んだ。

遊具のまわりや真ん中の広場で、小さい子供たちが遊んでいる。

この場においても俺たちは正直浮いていたが、高校の制服姿の俺と、ランドセル姿でしかも金髪でおまけに年齢離れしたスタイルのクリスの組み合わせは、きっと日本中のどこだろうと否応なしに目立つことだろう。

「あたし、あれからまた進んだんですよ！」

「え……あ、ああ。アイゼンの話ね」

「でもあたし、戦うよりロボット作るほうが楽しくって。そうだ、シルトさんに聞きたいことがあったんです。いっぱい！」

「なに、かな……」

「え～っと、もっと背をちっちゃくしたいんですけど、それってできますか？」

「ああ……なら、脚部を変えるのが早いかな。短いやつは重心が下がって安定性も高くなるし、慣れないうちはそっちのほうが」

「じゅうしん……？　あっ、理科でやりました！」

「そ、そうそれ。重心が低い脚部のほうが移動時の安定性や射撃時のブレが少なくなって、あ、それはまあいいとして、見た目で選ぶなら、おすすめは――」

クリスの初歩的な質問に俺は答えていく。

話してみて段々とわかったが、クリスは本当にアイゼン・イェーガーというゲームを楽しんでいるようだった。

もしかしたら無理して俺に合わせようとしているのかも、とすこし疑った自分を反省した。

「クリスは、なんでこのゲームやりはじめたの？」

「クラスの男子がすごいハマってて、でも聞いたら女子にはわかんないよ、なーんて言われたから、あたしもやってみたくなって……。ちょっとむずかしいですけど、でもいまみんなといっしょなのでとても楽しいです！」

「機体を思い通りに動かせるようになってくると、もっと楽しい、かと。はじめのうちは攻撃関係はアシスト任せでいいから、機体を動かすことに専念するといい、かな」

猟機の操縦は、細かな操作をオートとマニュアルで選択できるようになっている。

例えば近接用ソードの操作では、トリガーを引くだけで機体は武装を振ってくれる。これがオート操作で、前方の一定空間内に敵がいる場合を想定した、固定されたモーションだ。最初から登録されているもののほかに、自分で事前に登録しておくこともできる。

だが実戦、特に対人戦ではその動きは非常に読まれやすい。相手との間合い、回避先、潰したい武装、その他リアルタイムの状況に応じた最適な太刀筋は、プレイヤー自身がその都度マニュアルで設定するしかない。

猛スピードで動き回る戦闘中に機体の制御と併せてこれらの操作をするのは、初級者には荷が重い。だが上位ランカーのプレイヤーならだれしもがやっていることだ。

というような内容のことをぺらぺらとしゃべり終えたところで、自分がやや暴走していたことに気づく。

しかし、内容を正しく理解しているかどうかはべつとして、クリスの目は輝いていた。

「やっぱりシルトさん、すごいです。この前も、あんなにかっこよくあたしを助けてくれたし」

話題が危険なところに及んでくる。

言うのか。言うべきか。言うならいまだ。

「ク、クリス？　その、この前きみが言ってたこと、だけど……」

緊張のあまり喉が乾く。唾をのみ込み、さあ言えと自分に発破をかけた。

クリスが携帯端末の時計に、ちらりと視線を落とす。

「じ、時間！　大丈夫!?　もう四時過ぎてるし！」

「え？」

……ああ、なんては俺は度胸がないのだろう。

だが意外にも、俺の言葉は的を射ていたようで、クリスは申し訳なさそうにうなだれた。

「ごめんなさい、うち門限が厳しくて……」

「お、うん。ぜんぜん、気にせずに」

助かったような、ただ逃げただけのような。まあ、いい。たぶんこれはデリケートな問題だ。焦って解決しようとするよりはいいだろう。

「お、送る……？」

「シルトさん。やさしいですね！」

すこし頰を染めてまぶしい笑顔を向けるクリスに、俺は圧倒されるばかりだ。

とりあえず、今日はクリスを無事に送り届けるだけで、よしとしよう。俺はクリスに付きそって公園を出た。

だが、この選択もまた間違いだった。


「――兄さん？」

住宅地をしばらく歩いていったところで、見知った顔とばったりはち合わせした。

中学の制服姿の詩歩だ。

その視線が、当然クリスのランドセルに注がれる。途端、その眉間に激しくしわが寄った。

なぜ高校生の兄が、小学生の女の子と一緒にいるのか、という目。もちろんクリス自身の際立った容姿自体もその困惑の理由だろうが、やがて詩歩がなにかに気づく。

「あなた、この前の……」

「あ。こんにちはっ。あたし、真下《ました》クリスといいます。小六です！」

クリスが礼儀正しくぺこりと頭を下げた。

「……遠野、詩歩《しほ》です」

「よろしくお願いします！　お、おねえさん」

お姉さん？

「あ、あの、あたし……」

クリスは恥ずかしそうに耳まで赤くし、意を決するように大きな声で叫んだ。

「お、お兄さんのことが好きです！」

「「！！？」」

俺と詩歩に核爆弾が落ちた。

時が止まる。ついでに呼吸も止まる。

「お付き合いをぜんていに、お付き合いさせてもらってます！」

クリスはその宣言により俺と詩歩を凍りつかせると、ほっとしたように胸に手を当て、ちゃんと言えてよかったというような安堵の笑みを浮かべた。

なにがなんだかわからない。

ガマガエルのごとき脂汗をかいた俺は、こわごわと詩歩の様子を窺った。

顔面蒼白だった。

こんなにショック死しそうな詩歩を見るのはやはり生まれてはじめてだったが、安心しろ妹よ。

一番死にそうなのは他でもない、俺だ。

「ニイサン……？」

俺はただ首を横に振ることしかできない。

やがて詩歩は俺の袖を引っ張り、クリスに聞こえないようにささやいた。

（相手はしょ、小学生ですよ？）

（し、知ってる）

（知っていて……!?）

（いやそういう意味じゃない！　おまえ、なにか誤解して――）

「――もしもし、お母さん？　お、落ち着いて聞いてください。に、兄さんがついに小学生の子を……」

「電話するな！　っつうかついにってなんだよ!?」

動揺しすぎだ。携帯を奪いとって電源を切りつつ、クリスを振り返る。

「く、クリス、ちゃん？　そのことだけど……」

「あ、急がないと。ここまでありがとうございました。それじゃ、また明日！」

弾むような元気な足取りで、クリスは去っていった。

詩歩が口に手を当て、一歩、二歩と俺から距離を取る。

平和な公園に、いまにも血縁が切れそうなほど気まずい兄妹が残されていた。

◆

◆

「どういうことなの、盾《たて》」

リビングに、家族が集まっていた。

向かい合って座った母親が、うつむく俺をじっとにらんでいる。

まさかの家族会議。

しかもタイミングが悪く父親も今日は早く帰ってきていて、篤士《あつし》、詩歩も含めて全員がテーブルを囲んでいた。

最悪だ。こんなことは、以前に篤士が夜遅くまで街を遊び歩いて警察に補導されかけたとき以来だ。そのときでさえここまでピリついた空気にはなっていない。

本当に、最悪だった。

「いや、それは……」

「あのね。近ごろ世の中の風当たりは厳しいのよ？　道を聞いたり心配して声をかけただけで不審人物扱いされるんだから。ただでさえあんたは見た目が……いえ、それはともかくね」

「俺は、なにもしてない……」

母がテーブルをばん！　と叩いた。

「当たり前でしょ！」

「い、いや！　そういう意味じゃなくて……」

こういうときに弁が立たない自分が情けなく、うらめしかった。

沈黙している俺をどう思ったのか、

「お父さんも、なにか言ってよ」

腕を組んでいた父親は、促されてようやく重い口を開いた。

「盾」

父はしばらく厳しい目で俺をじっと見ていたが、やがて表情をやわらげた。

「といってもなぁ、俺も社会人になってから、高校生の母さんを口説いたしな」

「うへぇ、父さんやるなぁ。ちょっとそれホーリツとかやばくない？」

「……汚らわしいです」

のんきな篤士と、対照的に冷たい詩歩。

「はっはっは、相変わらず詩歩はキツいなぁ。お父さん、リアルにへこむぞそういうの。……まあそれはともかく」

父はずいっと身を乗り出し、

「どうなんだ。おまえの気持ちは」

どう？　なにが『どう』だというのだ。

「……あの、だから、」

「なぁ、盾。俺はな、だれかに恋するっていうのは、自分でもどうしようもないことだと思うんだ」

聞いちゃいない。こいつもか。

したり顔の父はどこか遠い目をしながら、

「おまえは、その子のことを好きになった。この広い世界でただひとりの相手を、おまえは見つけたんだ」

「あなた……」

「素直になれ。たとえ世界中を敵にまわしても、おまえだけは、その子の味方でいてやれ」

その言葉を聞き、母もふっと目元をゆるめた。

なんだよ、その『負けたわ……』みたいな顔は。やめろ。気が滅入る。

「そうね。盾、がんばりなさい！」

「兄貴の趣味はよくわかんないけど、まーいいんじゃない？」

「もう知りません……」

「というわけだ。ただし、相手は小学生だ。節度を持つこと。なにを言ってるかは、わかるな？」

「そうよ盾。それは、ダメよ」

なんだこの手のひら返し。思いっっっっっっっきり、無駄な時間だった。

くだらない家庭内コントに力尽き、俺は自室のベッドに沈みこんだ。

「どうしよ……」

ぼーっと天井を見つめる。

頭にあるのは、当然、クリスのことだ。

非常にまずい、とは思う。

あの様子だと、クリスは俺との仲を順調に深めている、という認識なのだろうか?

たしかにあの告白に対して、俺は断ってはいないし、ゲームのことでクリスの相談に乗ったりすることはべつに嫌じゃない。むしろ力になれて嬉しいとも思う。クリスは可愛いし。スタイルもいいし。……いや、そういうことではなく。

俺は、なんて言うべきなのだろう。

どう対応するのが、一番誠実で、一番「正解」なのだろうか。

出しっぱなしで机の上に置いたままのＶＨＭＤが目に入った。

「シルトさん、か……」

結局、一度も名前で呼ばれていない。

要するに、彼女が見ているのは俺ではなく、ＶＲ上のキャラクターなのだ。

大人びているように見えても、しょせん子供だ。恋に恋している上に、その対象は現実には存在しない架空のもの。まやかしだ。

だいいち、俺はもうあのゲームをやめた。

頭に浮かんでくるのは、いつも同じ光景。

華やかな学校。一年に一度の特別な日。沢山の参列者と、にぎやかに騒ぐ生徒たち。

ぽつりと佇む自分。

誓ったんだ。

自分の間違いを、嫌というほど思い知らされたあの日。

自分が意志が弱いことは自覚している。だが、今度こそは曲げてはならない。

……クリスの件は、ひとまず楽観視することにしよう。

そのうち現実の俺の方に飽きて、ゲームに夢中になるかもしれない。年齢も離れている俺より、同年代と一緒にゲームをやっていれば、そちらに興味が移っていくはずだ。

部屋のなかで、なにかが鳴っていた。

それが何の音か、すぐにはわからなかった。

なにかのメロディ。それは机の上に置いた俺の携帯から発せられている。

あわてて手にとった俺は、目を見開いた。


― 伊予森　颯 ―

「い、伊予森さん!?」

なぜ!?　と俺は混乱しかけて、そういえば、うちに来た日の帰りに電話番号を交換していたことをやっと思い出す。

だがいきなりかかってくるなんて。ど、どうすれば？　って出るしかないだろう。というか自分の携帯の着信音がこんな音だったことをはじめて知った。

震える指で画面に触れた。

「……もしもし？」

『あ、遠野くん。ごめんね、遅くに』

「い、いや」

しっとりと落ち着いた、それでいて鈴の音のように透き通る声。

電話越し。姿の見えない伊予森さん。

いつもよりさらに緊張してしまう。

『このあいだの、ゲームのことなんだけど』

「えっと……アイゼンの？」

『うん。ああいうのって、最近すごい流行ってるでしょ？　わたしも興味出てきて』

「そ、そう。いいんじゃない、かな。色々あるし」

アイゼン・イェーガー以外にも、ＶＲタイプのゲームは新商品が続々とリリースされており、近年市場が拡大している。

なかにはＶＲ空間で動物たちとひたすらたわむれるだけ、という技術の無駄使いのようなゲームもある。女の子向けのゲームも色々と出ているはずだが、俺もすべてに詳しいわけではない。

『よかったら、また一緒にやってくれない？』

その誘いに、俺は言葉を詰まらせた。

クリスの場合は別の問題が絡んでくるが、伊予森さんであれば、一緒になにかやるのはやぶさかではない。むしろこんなに喜ばしいことはない。

けれど。

「あの、俺……」

一世一代の決意をして、アカウントを消した。

もうやめると、そう決意したのだ。

だがそれを事情を知らない彼女に、なんと言い訳すればいいのか。

「あ、ああいうのほんとは苦手っていうか……。この前はたまたま上手くできたけど、それだけで、だから……」

伊予森さんに嘘をついていることが、心苦しかった。

『……そっか。まだそういう……』

「え？」

『あ、ううん。気にしないで』

「ほんと、ごめん」

『本当に大丈夫だから。じゃあ、おやすみ。あ、それと……』

「……なに？」

『寝る前に、遠野くんの声が聞けてよかった』

通話が切れた。

俺の手から携帯がすべり落ち、ベッドの上で跳ねた。

しばらく固まっていた俺のなかに、踊り出したくなるような興奮がこみ上げてくる。

「へっへっへ……」

いい。いいじゃないか。

一時はどうなるかと思われたが、俺のリア充化計画もなかなかどうして、悪くない。

もっと地味な道のりになると思っていたが、もしかしたら、大逆転が待っているかもしれない。

まったく、なんてことだ。

伊予森さん！

膨れ上がる感情のままに、俺はベッドにダイブした。

◆　◆

次の土曜日。

日々が充実しているせいか、一週間が早い。もう週末かという感覚だった。

五月の穏やかな昼下がり。天気もよく、今日はのんびりと過ごせそうだ。

そうだ。今日は服を買いに行こう。

リア充というもの、まずは見た目だ。もしかしたら近いうちに、今度は俺が伊予森さんの家に行ったり、あるいは一緒に外出する日がくるかもしれない。

しかし、どこに行ってどんな服を買えばいいのか、まったくわからなかった。

となれば、まずは情報収集からだ。ネットで見てもいいが、なんとなくリア充度は雑誌のほうが高い気がする。散歩がてら、本屋に行って探してこよう。

「兄貴～お客さーん」

出かける準備を終えたところで、下の階にいる篤士から呼ばれた。

なんだろう。ネットショップのミツリンでなにかを頼んだだろうか？

思い当たる節がないなと思いながらも階段を下り、玄関を開けた。

「こんにちは、シルトさん♪」

陽光のもとで、きらきらと輝く金髪。小さい頭とすらりと長い手足。

クリスがそこにいた。

最初にうちに来たときとはちがう、鮮烈な笑顔。それはまるで――巨大な嵐の予兆。

来ちゃった怪獣、二度目の襲来であった。

＃０７

家から出るほかなかった。

あんな家族会議のあとだ。篤士も「え～っと、オレ、どっか行ってよっか？」などとへたくそに気を遣おうとしてくる。

ああ頼む、なんて答えられるわけがない。

とりあえず駅前方面に向かって並んで歩くと、俺は改めてクリスのスタイルに圧倒された。

背はまだかろうじて俺の方が高いが、クリスの年齢を考えると、抜かされるのはそう遠くないかもしれない。

「うれしいなぁ、シルトさんと一緒にでかけられるなんて」

「はは……。それは、なにより……」

休日なのでランドセルを背負っていないことが、唯一の救いか。

俺のなかで、あの赤く四角いカバンがトラウマになりかけている気がする。

「あの、これ、変じゃないですか……?」

と言って、クリスは俺の前でくるりと軽く回ってみせた。

大胆に足を出したショートパンツに、中のタンクトップが透けて見える薄手の白シャツ。春の陽気と活発なクリスの印象を引き立たせるような、とてもさわやかな格好だった。

「いいと、思うけど」

当たり障りのない答えを返す。

もっともクリスのスタイルなら、大抵の服は似合うような気がしたが。

「えへへ……」

クリスが身体を寄せる。肩が触れた。

ちらりと隣を見下ろすと、ショルダーポーチのストラップが胸の谷間を割って強調している。

視線をひき剝がす。

まずい。きわめて、まずい。

相手は小学生だぞ。変なことを考えるな。無心——そう、無になるのだ。心頭滅却。色即是空《しきそくぜくう》。

南無阿弥陀仏。

「どこか、シルトさんの行きたいところありますか?」

「えっと……。本屋、とか」

気を配る余裕もなく、俺は本当のことを口にする。

「あ、いいですね！　あたしもほしい本がありました」

とりあえず駅前にある大型書店に向かった。

店内で別行動になれば、すこしは対策を考える時間がとれるかと思いきや、店内でもクリスはいっこうに俺から離れようとしなかった。

表紙も見ずに手にとったファッション雑誌を適当にめくる。まったく頭に入ってこない。それよりも、これからどうすべきか俺が葛藤していると、クリスがのぞき込んできた。

「あ、その服かっこいいです。シルトさんに似合うと思いますよ」

「そ、そう？」

クリスが指差したのは、世紀末めいた黒いジャケットに赤いサングラスをしたモデル。

コピーは、『暗黒の堕天使は血の涙を流すんだぜ？』。

意味がわからない。こういうのが最近の流行りなのか？

問題はほかにもあった。

クリスに後ろからのぞき込まれたとき、太陽のような香りが鼻孔をくすぐるとともに、背中にな にかやわらかいものが当たったた。

まずいまずいまずいまずい。

かつて、どれほど手強い猟機に背後をとられても、これほど緊張したことはない。

「じゃあ今度、いっしょに買いもの行きませんか！」

「はは……。まあ、そう、ね」

危険な約束が増えていく。

書店を出ると、俺たちはファストフード店、雑貨屋、ゲームセンターなどをプランもなくのんびりと回遊した。

クリスは終始笑顔だった。俺も後ろめたさはあったものの、悪い気分ではなかった。

ただ、クリスは俺をかなり大人だと思って接してくる。

高校生って普段どこに遊びにいくんですか？　とか、やっぱり大人っぽいところですよね？　などと聞かれるのが一番苦しかった。

普通の高校生がどこに行くかなど、俺が知るわけもない。

俺の外界に関する経験と知識は、小学生のときで止まっているのだ。

そういう意味ではクリスとお似合いかもしれないが、それはなんというか情けなさすぎる。

そんな俺の葛藤などとは無縁に、日は傾く。

「そ、そろそろ帰ったほうがいいんじゃ……」

頃合いを見て俺が言うと、クリスは携帯の時計を確認して「あ、そうですね」と答えた。

ほっとする。なんとか無事任務を遂行した。数日分の体力を使ったような気がする。

「うん。じゃあ、駅まで送って――」

「あ、それならうちにきて、一緒にゲームしましょう！」

「　　」

そのときの俺の感情を表現しうる言葉は、ない。

クリスが長い腕を俺の腕にからませた。

力強くひっぱられながら、俺はなにか口にしなければと焦り、

「で、でも！　ほら、俺、ＶＨＭＤ持ってきてないし……」

そうだ。あれがなくてはＶＲゲームはできない。

取りに行っている時間はないし、ごめんねとても残念だけどまたいつかそのうちもし機会があったらねと喉まで出かかったところで、

「大丈夫です、うちにもうひとつありますから！」

天を仰いだ。

すでに退路は断たれていた。まことにあっぱれ、というほかない完璧な包囲網だ。

それでも往生際悪く俺が渋っていると、

「……シルトさん、あたしのこと、ほんとはキライですか……？」

「い、いや!?　べつに嫌いとか、そういうことは、ぜんぜんないけど……」

「よかった……。じゃあ行きましょっ！」

小学生のパワフルさには、到底敵わなかった。

◆　　◆

大きな門に、広い庭。駐車スペースには高そうな外車が停まっている。

クリスの家は、豪邸とまではいかないが、裕福さが伝わる立派な一戸建てだった。

庭の柵から首を出している真っ白な大型犬に会釈しながら、俺は門をくぐった。

「お邪魔、します……」

本当に邪魔ではないのか。

というか、できればそのように言ってほしかった。なんでもいいからいちゃもんをつけて、小学生の娘に近づく不届きな男子高校生を追い返してくれまいか。

だが玄関に迎えにやってきたクリスの母親は、

「まあ！　いらっしゃい！　さあさあどうぞ上がって上がって」

これでもかというくらいの歓迎ぶりをあらわにした。

お茶を出され、お菓子を出され、面と向かって座らされた。

クリスよりも色の濃い金髪。澄んだ青い瞳。

百人中百人が美人と評するだろう、綺麗な人だった。クリスが大人っぽいため、傍目《はため》には姉妹のようにも見える。

「背も高くて、ステキな男の子ね」

「もう、ママ！」

小学生と比べたら、そうだろう。しかも俺はべつにクラスでも大きい方ではない。

「クリスとは、どういうご関係なの？」

「……と、友達？　です」

クリスにアイコンタクトで回答を求めると、クリスはなぜか恥ずかしそうに目を伏せ、一瞬唇に人差し指を当ててみせた。

まだ内緒ですよ？　みたいな。

え、なにを？　その内緒の中身を俺が一番知りたいのだが？

「この年で、こんなに落ち着きがあって。クリスも見習いなさい」

「はーい」

「……？」

なんだか、不思議なやりとりだった。

もしかして。

俺は愕然として、美人親子のやりとりを見つめた。途中になって確信したが、どうやらこの母親、俺のことをクリスの同級生の友達だと思っているようだった。

童顔といわれればそうかもしれないが、しかし、まさか小学生だと思われるとは。

この人もちょっと普通じゃない、とようやく悟る。

「あ、あの……」

「どうしたの？」

「…………いえ」

まずいと思うと今度は言い出しにくくなり、口をつぐんでしまう。

「じゃあ、あたしたち部屋でゲームしてるから」

「ほどほどにするのよ」

のほほんとしたクリスの母親に手を振られ、俺は力なく二階へと上がった。もはや逃げ帰ることは許されない状況だ。

クリスの部屋の前まで来て、彼女がドアを開ける。

促されるまま、俺が部屋に足を踏み入れようとした瞬間だった。

クリスがベッドに飛びついた。

なにが起きたのか。わずかな一瞬のうちに、俺の目はその理由を捉えてしまう。

クリスはそれをがばっと布団で覆い隠し、すばやくこちらを振り返る。

「ご、ごめんなさい！　すこし出てもらって、いいですか!?」

「あ、お、はい」

回れ右して部屋を出る。不覚にも動揺した。見てしまったからだ。

綺麗に畳まれた衣服の一番上にあった、小さな白い布切れを。

「ごめんなさい……どうぞ……」

クリスは耳まで真っ赤だった。

「う、うん？　大丈夫？」

それっぽく気づいていない感じを装ったが、俺の顔はひきつっていたかもしれない。

「あんまり見ないで、ください……」

クリスは恥じらいながら、クローゼットを隠すように立っている。その中になにがあるかあまり想像しないように努めた。

「あのさ、クリス。俺やっぱ――」

「はいっ！　どうぞシルトさん。あ、あたしのロボット見てください！」

照れ隠しなのか勢いこんで差し出されたＶＨＭＤを、俺は突き返すことができなかった。

敗北感がこみ上げる。

今度こそ最後にしなければ。見るだけだ。

そう自分に言い聞かせ、俺はＶＨＭＤを装着。自分のＩＤとパスコードを入力し、アイゼン・イェーガーの世界へとログインした。

まだ殺風景なドックだった。

天井から吊り下げられたクレーン。積み上げられた弾薬ケース。薄暗い照明。

クリスのドックは、いまの俺のものとほとんど変わらない。だれしも最初はこの状態からスタートすることになる。

ドックを拡張するには大量の資金が必要だが、それにより複数の猟機を同時に格納することができる。猟機が複数あれば、フィールドでどの機体を呼び出すか選択できるようになり、その場に応じて機体を使い分けたり、クエストの途中で傷ついた機体をドックに転送し、べつの機体に乗り換えることも可能となる（フィールド上の特定の地点に限られるが）。

ともあれ、それは当分先の話だ。

まずはひとつの機体に慣れることが先決だろう。

「シルトさん、あれがあたしのロボットです！」

クリスのアバターに付いていくと、手狭なドックの中心にその猟機がそびえ立っていた。

「こ、これは……」

全身が淡いピンク色で塗装された機体。さらにハート形に成型された追加装甲が胸や肩に付けられ、各部は宝石のような飾りでデコレーションされていた。

すさまじい倒錯感に、俺は唖然とした。

「ず、ずいぶんいじったんだね……」

「だって、やっぱり可愛くしたいじゃないですか」

「こんなパーツ、どこで？」

「こういうの売ってるお店があったんです！　えっと、最初の街のはじっこの方に」

「へぇ……それは、知らなかったな」

おそらくミッドガルドの南区画だろうが、具体的な店名まではわからなかった。俺が機体の装飾にはあまり興味がなかったせいもあるだろう。

俺が気にするのは、一にも二にもまず性能。

ランキング戦に参入するようになってからは、その傾向が顕著になっていた。

アイゼン・イェーガーにはさまざまな楽しみ方がある。

かつての俺のように対人戦を極めようとする者。

性能はさておき、ビジュアルに特化した機体を組み上げる者。

とにかく沢山のクエストを受けてフィールドを攻略し、資金を貯めて、あらゆる武装やパーツ、アイテムをコンプリートしようとする者。

集めた素材からオリジナルのパーツを製造《クラフト》し、商売にいそしむ者。

「でもこればっかりやってたから、じつはそんなに進んでなくて」

「残りの資金は？」

「え？　もうないですけど」

「あー……おう……」

けろりとしているクリスを前に、なんとも言えない声が出る。

初期の頃ほど資金は貴重だ。それをこんなものに費やすなんて……。

「あの……だめ、でした？」

「ま、まあ、ゲームの楽しみ方は人それぞれだし」

攻略には多少苦労するだろうが、それもある意味、プレイヤーにゆだねられた遊び方か。

「いいじゃないですか。お金はまた貯めれば」

前向きなクリスに、俺はうなずき返した。

敵であるガイストを倒すと、経験値のほかに、さまざまな《ジャンクパーツ》が手に入る。どのショップでも売却可能なこれが、猟機乗り《プレイヤー》の主な資金源となる。またクエストの報酬やフィールド上で取得できるアイテムは《マテリアル》と呼ばれ、これはオリジナルパーツ製造のための素材になるほか、こちらも換金することができる。

「シルトさん。いまみんな呼んでますから、待っててください！」

「俺そろそろ……って、え、みんな？」

俺が躊躇《ちゅうちょ》しているうちに、ドックに次々とほかのプレイヤーが転移してきた。

集まったのは、さまざまな容姿のアバターたちだ。

おさげ髪でラフな格好をした少女。ミリタリージャケットの少年。巨漢もいる。

「みんな同じクラスなんです」

クリスが言って、三人のアバターを振り返った。

ということは、つまり三人とも中身は小学生ということか。

「あ、今日はよろしくおねがいしま～す！　一緒に行ってくれるんですよね？」

「すごい上手いって聞きました。その技、オレに教えてください！」

「師匠って呼んでいいですか……？」

俺のアバターはひたすら地味な風貌なのだが、みな物珍しそうに集まってくる。

その高めのテンションと発言から、普段クリスが俺のことをどんな風に吹聴《ふいちょう》しているか、目に浮かんでくるようだった。

「ほんとにすっごいんだからね、シルトさんは！」

「どうも、よろしく……」

目を輝かせるクリスたちを前にし、もはや帰るなどと言い出せる雰囲気ではない。

意気消沈する俺に、クリスがメンバーを紹介してくれた。

おさげで肩を出した姿の女の子は、ケイ。

かつての俺のアバターにすこし似た銀髪の少年はリエン。

巨漢の男はマグナスだ。

クリスたちは早速クエストに向けて、この武器がいいとかフォーメーションがどうとか、作戦会議に花を咲かせている。会話の端々から、初々しさが感じられた。

俺がそれに割って入るのは、野暮というものだろう。

「シルトさんは、どんな猟機で出ますか？」

「……じゃあ、俺は、管制機に乗るよ」

そう言うと、みんなが意外そうな顔をした。

「でも、それじゃあシルトさんが……」

「いいってば。後ろからみんなをサポートするから」

直接戦いに参加しては、なんというか大人げない。

パイロットレベル的には俺たちは近いかもしれないが、実際のプレイ経験は比較にならない。なるべくならそちらが近い者同士で一緒に攻略するほうが、きっとゲームをより楽しめるだろう。

「あ、でもシルトさんの猟機って、それとはちがうんじゃないですか？」

「レンタルするから」

「そんなこと、できるんですか？」

「できるよ。一回フィールドに出る分だけでお金かかるけど、自分で一から組み上げるよりは安いから」

猟機のパーツショップと同様に、街には猟機のレンタルショップがある。

いくつかの機体を借りられるが、性能自体は初期状態の機体と大差なく、自分が所有する猟機のようにパーツを組み替えたりできないなど制約もある。

燃料や修理、弾薬等の費用は通常通り発生するため、自分の猟機が現存する場合は、あまり利用する機会がない。だが今回のようなケースではまさにちょうどいい。

「管制機か……」

自分から言い出したものの、上手くできるかあまり自信がなかった。

管制機は、アイゼン・イェーガーでも異色の存在だ。

これだけ別のゲームだといっても過言ではないかもしれない。

パイロットの仕事は、言ってしまえば目の前の敵を倒すことだけだ。

だが管制機のプレイヤー、つまりオペレータは、管制機が持つ広域レーダーにより戦場の動きを把握し、かつ自分のもとへ集まってくる各機体の被弾状況や兵装の残弾数などを把握して、各メンバーに指示を出すことが役割となる。

完璧なオペレーティングをしようと思えば、むしろ直接戦うプレイヤーよりも、このゲームに精通している必要がある。

俺にオペレータとしての経験はほとんどなかった。

とはいえ、俺も古くからのプレイヤーだ。小学生を引き連れるぐらいはできるだろう。

「じゃあ……いこうか」

『はい！』

俺は引率の教師のような気分になりながら、クリスたちとともにフィールドを転移した。

◆　　　◆

セントラルユーラシア第２５０封鎖区域《カラコルム山岳》

前方に広がる山稜《さんりょう》は、剝き出しの岩肌に覆われている。

カラコルム山岳。

立体的で動きにくい地形と、岩陰から急に襲いかかってくる敵ガイストにより、初心者にとっては文字通り序盤の山場となるフィールドだった。

険しい山道を、クリスたちの猟機は徒歩で慎重に進んでいく。

俺はすこし離れた後方から、全機の様子を目視とレーダーで見守っていた。

連射系の火器を多く積んだ重量猟機に搭乗しているのがケイ。機体はポップな色のオレンジにカラーリングしてある。

もう一機の重量級の機体がマグナスで、装備は背負った多連装ミサイルランチャーが中心だ。

接近戦用の大型ショットガンをたずさえた軽量猟機がリエン。

クリスの乗ったピンクの機体は、中量級の猟機。武装は標準的なアサルトライフルを二丁、両手に装備している。

見たところ、それなりにバランスのとれたチーム編成になっていた。

本人たちはそこまで深く考えていないかもしれないが。

『うおーこえーよー』

『リエン、先に行ってよ……』

『え～なんでだよ～！』

『クリスの機体かわいいね！』

『ありがと、ケイのもかわいい色！　あとで写真とっていい？』

一部戦々恐々としながらも、クリスたちの声は弾んでいる。

この緊張感。

感覚はお化け屋敷やジェットコースターと一緒だ。

俺はクリスたちの会話を聞きながら、アイゼン・イェーガーをはじめたばかりの頃をなんとなく思い出していた。

「あ。右から敵来てるよ。三つ。注意して」

『は～～い』

のんきな応答だ。

山頂のほうから下ってきた戦車型のガイストへ、クリスの猟機がアサルトライフルで射撃。続いてケイがガトリング砲を乱射する。被弾し動きが鈍くなったところへ、マグナスの機体のランチャーから、ミサイルが降り注いだ。

爆風が大量の土ぼこりを巻き起こし、ガイストが炎に包まれる。

二体が大破。残った瀕死《ひんし》の一体を、リエンが至近距離からのショットガンで破砕した。

『しゃあー！』

『余裕だね～』

やや弾を撃ち過ぎかと思ったが、俺はあえてなにも言わずに、四人の戦いを見守った。

新鮮だった。

トップチームでの戦いは、ほとんど仕事のようなものだった。

綿密に練られた作戦。与えられた役割。一瞬を競い合う世界。

敵の新しい戦術。それに対するカウンターの戦術。その中で、俺は最適な動きをこなす歯車でしかない。

どんな難題もこなした。

あらゆる強敵と戦った。

だがこうやって手探りでやっていたときが、実は一番楽しかったのかもしれない。

ときおり現れる敵ガイストを順調に撃破しつつ、俺たちは無事山頂にたどり着いた。

開けた場所に、朽ちたレーダー施設跡が広がっている。

その中央に、小さな山のような影がある。

突如、そこから蜘蛛のような八本脚の機械が立ち上がった。

このフィールドのボスとなるガイストだ。

そこそこ手強いが、四機いればそれほど大変ではないだろう。

俺はときおりボスが撃ってくる強力なレーザー砲撃に注意させながら、クリスたちの戦いの経過を見守った。

やがて、クリスたちの一斉射撃に八本脚が力を失い、大地へと沈みこむ。

<< TARGET DESTROYED >>

『おっしゃあ、倒したぁ！』

『や、やったぁ……』

『すごい！　こんなに順調なの、はじめてです！』

『クリス～、いえ～い！』

ケイとクリスが猟機同士でハイタッチしようとするも、マニュアルでの動かし方に慣れていないのか、互いに大きく空振りしていた。それを見てリエンとマグナスが笑った。

最初に気づいたのは、俺だった。

広域レーダーに見知らぬ影が映りこんでいた。

二つの光点が、まっすぐこちらに接近してくる。

それをじっと見つめたのは、わずか二秒ほどだった。直後、緊張が全身を走り抜ける。

「散開しろ！」

俺は全員に叫んだ。

『え』

『なに？』

この速度。これはガイストではない。猟機のアフターブースト。

正々堂々、一対一――紳士的なデュエルマッチとはちがう。

プレイヤーによる、問答無用の強襲だ。

＃09

油断していた。

まだみんなのレベルが低いから襲撃はないだろうと、たかをくくっていた。

俺はすぐに探知した二機に、敵性識別を付与した。それにより全員のレーダーにガイストと同じ撃破対象として表示される。

「猟機が来る。固まってるとやられる！」

『え？　なに、どこ!?』

『やだー！』

クリスたちは十分に状況を把握できていない。

稜線から、砂漠色の機体が飛び出した。

同時に下方からもう一機。

二方向からの猛烈な砲撃がクリスたちを襲う。

『きゃあっ！』

ケイの悲鳴が耳に突き刺さる。

俺のモニターにオーバーレイ表示されているケイの猟機に関する情報。破損状況を示す耐久ゲージがみるみるうちに削られていく。続いてリエン、マグナスも被弾。

相手のこの手際の良さ。初心者ではない。

「相手は二機だ。大丈夫、こっちの方が数で勝ってる」

『で、でも！』

俺はなるべくみんなを落ち着かせようとしたが、全員がばらばらに逃げたり撃ったりしている。

その周囲を二機の猟機が飛び回り、翻弄している。

管制機を選択したことを後悔した。

攻撃手段がないのでは、俺がいかに上手く立ち回ろうとも、みんなを助けようがない。

できるとしたら弾除けになるくらいだ。だがそれでは、残されたクリスたちはどうなる。彼らだけでこの状況を立て直して、逆転することができるか？

無理だ。

戦闘中はフィールドから転移することはできない。

だが一定以上距離を空ければ、離脱判定により戦闘状態を解除することもできる。

『み、みんな逃げよう！』

クリスが全員に向けて叫んだが、俺はすぐボイスチャットに割って入った。

「だめだ。ケイとマグナスが置いていかれる」

『あ――』

向こうは二機とも高速型の機体。

だがこちらには、足の遅い重量級の猟機が二機いる。チーム全員が遠くに逃げられなければ、離脱判定にはならない。

置いていかれた二機が先に集中攻撃を受けて撃破され、残ったクリスたちも順次やられるのは目に見えている。

つまり、全滅だ。

戦力の分散は避けなければならない。

『で、でも。じゃあ、どうすればいいんですか!?』

クリスが恐怖に震えた声で叫ぶ。

俺は即答できなかった。

どうする。

どうすればいい。

俺が葛藤している間にも、各機が次々と被弾していく。

相手は二機だが、なかなかの腕だ。

相手の反撃が生じてきたところで、互いに狙っている猟機を入れ替える。クリスたちはようやく目が追いついてきたところで、いきなり別の方向からの攻撃を受けることになる。

かく乱機動と、素早いヒット&アウェイ。

クリスたちの動きがまだ拙《つたな》い分、好きなようにしてやられている。

クリスの機体のゲージがごっそり減少。

『た、たすけて……!』

警告。警告。警告——

情報を処理し切れない。頭がパンクしそうになった、そのときだった。

『わたしをチームに入れて』

モニターの端に、見慣れない表示が点滅していた。

チーム加入申請。

レーダーを見る。探知圏内ぎりぎりに、さらにもう一機、新たな機影が映りこんでいる。

一瞬、敵の増援かと思ったが動きがちがう。どうやらそれが、この声の主の猟機のようだった。

『助けてあげる。信じて』

なぜか、どこかで聞き覚えがあるような声。

その声は静かな自信に満ちていた。

だが、どうしていきなりコンタクトをしてきたのか。たまたま居合わせただけ？　あるいは、わざわざ探知圏内の外から俺たちについてきていたのだろうか？　まず行動が不可解だった。

素性の知れないやつを信用しろと言われても。どうする？

全機の耐久ゲージが半分を切った。

『早く！』

だが、どのみちこのままでは全滅だ。

チームへの加入は、メンバー全員の承諾があってはじめて成立する。

申請表示の下。承諾と拒否の選択肢。

いちかばちか。俺は急いで承諾ボタンに触れた。

「みんな、承諾して！」

俺の声に従い、次々とメンバーが承諾していく。全員完了。チームにメンバーが追加された。猟機の情報が開示される。

現れた表示に、俺はまゆをひそめた。

猟機の種別として表示されたのは、ＷＡＣという略称。それが示すものは、管制機。

「オペレータ……？」

俺は思わず言葉を失った。てっきり、凄腕のパイロットが相手を蹴散らしてくれるのかと、ひそかに期待してしまったからだ。

管制機でいったいなにを――

チームに加わった謎のオペレータは、冷静な声で指示を出しはじめた。

『落ち着いて。04。あなたよ。後方に下がって』

まず各メンバーへの個別通信――ダイレクトチャットを送った。

そのすべてを聞けたのは、俺もまた管制機に乗っていたからだった。通常、ひとつのチームに管制機が二機以上組み込まれることはまずない。統率する人間が二人いても意味がないからだ。

声の主が読んだ番号は、自動的にメンバーに振り分けられている識別番号だ。

クリスが01。ケイが02。リエンが03。マグナスが04、という具合だ。

『04、ラインマークを出す。その通りに後退して』

声の主はまず、集中攻撃を受けていたマグナスを退避させた。

『01、02、03。手前の敵を攻撃』

続いて残り全機に攻撃指示。

一転して集中砲火を向けられた敵が泡を食い、攻撃が鈍る。クリスたちの攻撃は照準が甘く、命中率は低かったが、三方向から攻撃を受けたことで敵は回避を選択。

『04、いまのうちに引いて。03は04と合流。01、02は後ろの敵をロックして』

続いてリエンが離れる。

リエンとマグナス、ケイとクリスという組み合わせに分かれる。

敵は近・中距離戦闘用のマシンガンを装備したほうの一機が、リエンに狙いを定めた。

『03。攻撃しないで。下がりながら回避に専念して』

「え……？」

相手が接近戦をしかけてくるなら、近距離戦闘用のショットガンを装備したリエンで迎撃すべきじゃないのか、と俺は不思議に思った。

『04。ミサイルランチャーを使って』

リエンの後方からミサイルの援護射撃。

高威力のナパーム弾頭が敵機の頭上に降り注ぐ。

次々と炸裂する爆風の前に、マシンガン装備の敵機が後退。するとやはり、それと入れ替わるように相方の機体が現れる。

俺はそこで彼女の意図に気づいた。

あそこでリエンが勝負に応じていたら、それこそ技量の差が影響して撃ち負かされていたかもしれない。

『04。次は近づいて。近距離射撃』

『で、でもオレ、他にはハンドガンしか……』

『それでいい。ミサイルは使わないで。とにかく距離を詰めて』

またしても意外だった。強力なミサイルを装備しているマグナスの重量機で接近戦とは。

リエンとマグナスの二機が、敵機にみずから接近し、プレッシャーを与える。

再び敵機が引いていく。今度は明らかに早い。攻撃の勢いを失っている。

『02、背部にレールガンを装備してるね』

『あの、あんまりこれ、当てる自信がないです……』

『落ち着いて。当たらなくてもいい。敵に距離を詰めさせないで』

指示に従い、ケイはとにかく距離を離しながら、レールガンを撃ち続けた。レールガンは弾速はあるが照準がデリケートで、扱いが難しい兵装だ。

やがて、敵が戦術を変更した。二機が合流し、並んでリエンに接近する。

二機の同時攻撃で、一機ずつ確実に仕留めるつもりか。

『03。二機に狙われてる』

『ま、マジ!?』

『大丈夫。04、一緒に逃げて。01、02は合図と同時に移動。一切撃たないで』

『でもリエンたちが！』

『聞いて。大丈夫。あなたたちは勝てる』

淡々としていながらも、自信に満ちた言葉。

それがクリスたちに勇気を与えた。

クリスたちがリエンを援護することなく、いったんそれぞればらばらの方向へ移動していく。

マグナスがミサイルを撃った直後、『01と02移動開始』と声の主が告げる。

攻撃により敵の注意を引きつけて、その間にべつの猟機が移動する。しかもそれを察知されないように、彼女は敵がいまどこを向いているか、それすら把握した上で指示を出している。

『03、五秒撃って後退。稜線の……山のかげに入って。二機が挟み込んでくるから、アフターブースト準備。合図と同時に飛び出して』

『ひっ……はい！』

レーダーで見ていた俺は、驚愕する。

もともと、敵のかく乱戦術は単にクリスたちを翻弄するだけが目的ではなかった。

敵機は近・中距離向けと、中・遠距離向けの二機編成。

入れ替わり気味に攻撃をしていたのは、互いの武装の長所短所を補い合うようにするためだ。

だが彼女の指示により、クリスたちは常に敵機の不得手とする間合いでの交戦に徹した。たとえ、自分の機体や技術がそれに向いていなくとも。


当然、敵は嫌がりはじめる。

だから敵機は、合流して二機の同時攻撃に戦術を変えた。

だがそれは、数で不利な相手にとっては諸刃の剣の行為。

つまり、ほかの機体の動きに気づきにくくなるということ――

『03、04、いま！』

リエンとマグナスの機体が、アフターブーストで別の方角へ一気に飛び出す。

わずかに被弾。耐久ゲージがさらに減少。すでに二機とも機体の各所から火花が散っているが、まだ致命傷ではない。リエンの軽量猟機はかなりの速度で追っ手を振り切った。マグナスも逃げる。

だがリエンに比べると遅い。

敵機の照準が、マグナスへ向けられる。

『03、04、１８０度旋回』

リエンとマグナスが、追いすがる敵機を振り返った。

まさにこれ以上ないというタイミングで、クリスとケイも移動を終えていた。

レーダーマップ上に、敵を中心とした十字形が現れる。

クロス・ファイアの布陣。

『全機発砲許可を出す。仕留めなさい』

全機が一斉射撃。

あらん限りの砲弾が敵機に降り注ぐ。

すさまじい弾幕。爆風と炎が膨れ上がり、舞い上がる土埃と煙がすべてを覆いつくした。

やがてそれらがゆっくりと晴れていく。

そのただ中。

二機の敵猟機は、機体からおびただしい量の白煙を上げて沈黙していた。

<< TARGET DESTROYED >>

眼前のモニターに流れたその表示の意味が、全員の頭に染み渡っていく。

『か……勝ちました！』

『やった……。やったよオレたち！』

『ほんとに、勝ったの……？』

『うん、やったんだよ！』

はしゃぐクリスたちの声を聞きながら、俺はひとり驚嘆していた。

「すごい……」

各機の性能、戦力差、敵の戦術、すべてを利用した指揮。

よほどの対人戦闘経験がなければ、途中から入ってきて、こんな見事なさばきはできない。

俺は機体を声の主の近くまで移動させた。

見えてきたのは、巨大なレーダードームを背負った異形の猟機。すさまじいカスタム機だ。

清廉な青と白でカラーリングされた管制機。

「セーブ」

格納コマンドを口にすると、機体が光の中に消える。

向こうも同様に、機体を転送して、その場に生身の姿を現した。

長い髪が風になびいて広がる。

まばゆい純白を取り入れた衣装。まるで騎士のような凛々《りり》しさと王女のような高貴さが同居した特徴的なコスチュームに、俺はどこか見覚えがあった。

あれは、たしか……。

「あの、あ、ありがとうございました……。助かりました」

「――まったく、ひどいオペレーション。見てられない。あいかわらず、チームプレイとかは興味ないみたいね」

「え……？」

代表して俺が頭を下げると、その美人アバターは妙なことを言った。

「《白眉猟兵団《ホワイト・イエーガー》》の傭兵《ようへい》です。パイロットじゃなくて、オペレータだけど」

その名前に俺は驚いた。

《白眉猟兵団》――ホワイト・イェーガーとは、このアイゼン・イェーガーの中に存在するギルド〈寄り合い〉のひとつだ。特定のチームに所属しない《傭兵》のためのギルドであり、傭兵同士の交流や、効率よく仕事を融通し合うことを目的としている。

そんないわゆる傭兵ギルドのなかでも、《白眉猟兵団》は特別だ。

白眉というその冠言葉のとおり、トップレベルのプレイヤーのみが所属することを許される。

その証があのギルドオリジナルのコスチュームである。

そういえば、俺もかつてのチームに入る前に一度誘われたことがあった。そのときは、メッセージに返答するのが億劫《おっくう》というだけの理由で無視してしまったが。

さらに思い出した。

《白眉猟兵団》には、基本的にパイロットしか所属されることが許されない。

だが異例中の異例で、オペレータとして加入することを許されたプレイヤーがひとりだけいると噂で耳にしたことがあった。

その名前はたしか――

視線を向け、彼女のプロフィールを閲覧する。

アバターネームは、Iyoと表示されていた。

「イヨ……？」

偶然だ、とまっさきに思った。

そんなこと、ありえない。

「わたしが誘ったときは断ったのに、この子たちとは遊ぶんだ。それってひどくない？」

頭のなかが真っ白になる。

空っぽになった脳内で、すさまじい勢いで回路がつながっていく。

「も、も、もしっ、かして」

「……ネットのなかでも、どもってるんだね」

きっとそのとき、現実の彼女も同じ表情を浮かべているにちがいなかった。

魔性めいた、その微笑を。

「あらためてよろしくね。同じクラスのシルトくん」

神様。

女の子が、怖いです。

第三話　英雄の帰還

#10

「昨日、どうして来なかったの」

朝一で背中にかけられたその声に、びくりと肩が震えた。

廊下から二列目のいちばん前の席。登校するなりできる限り気配を消して座っていた俺は、おそるおそる後ろを振り返った。

そこに伊予森《いよもり》さんが仁王立ちをしていた。

いつもの彼女——見る者を癒し、周囲の空間までもを明るくするようなハートウォーミングでピースフルな笑顔は、そこには存在しなかった。

代わりにデストロイな眼光が、俺を虫ケラのように見下ろしている。

それはさしずめ、蛇に睨まれた蛙。あるいはライオンと野ウサギか。

「……おはよう、ござぃます……」

「メッセ届いてたよね？　22時にネゲヴ砂漠のフィールド入口に集合って。ちゃんと既読確認してるんだけど」

挨拶など不要とばかりに詰め寄ってくる。

――あの衝撃的な出来事のあと、俺は逃げるようにアイゼン・イェーガーからログアウトをし、クリスの家からも早々においとました。だが家に帰ると、伊予森さんから携帯とＶＨＭＤの両方に連絡が入っていた。

ＶＨＭＤには、絨毯爆撃のような履歴が残っている。

22:01　まだ？
22:03　待ってるから　早くして
22:05　遅すぎる
22:06　どうしたの？
22:07　気づいてないの？
22:10　ねぇ、ほんとは見てるんでしょ？
22:11　無視するんだ
22:11　そうなんだ
22:11　ひどい
22:11　許さない

22:11　こっちにも考えがあるから

恐怖を感じた。

布団にくるまった俺はカタカタと震えながら、眠れぬ夜を過ごし、朝を迎えた。

よっぽど仮病で休もうかと思ったが、母親にばれて叩き出された。登校する間も何度サボってしまおうと悩んだことか。

だがどのみち、逃げ場はないのだ。

「ねぇ、聞いてるよね」

「は、はぃ、聞いてます……」

伊予森さんは腕を組んで俺を見ながら眉をひそめている。それは出来の悪い生徒に頭を悩ませる家庭教師のようでもあった。

伊予森さんって、こんな人だったたっけ……？

笑顔添加物なし。ピュアクール。あるいはピュアS。

「そもそもいきなりログアウトして、それっきりなんて。すこしひどくない？」

「それは……」

「ずっと、待ってたのに」

グサリ、ザクリ、と一言一言がレーザーソードのように突き刺さる。

こわい。

これが本当に、あの天使の伊予森さんだろうか？

「あの、なんか、まちがいじゃ……」

なんとかか細い声を発すると、伊予森さんはその倍はあろうかという声量で一言一句はっきりと俺に言い聞かせるように、

「わたしは、きみを、オファー、してるの。わかる？」

「わかって、ます……」

「なに？　よく聞こえないんだけど。わたしが言ってる意味、わかるでしょ。アイゼン・イェーガーのトップランカーさん」

「………はい」

俺は震えながら答える。残念ながら、美少女に言葉責めにされて快感を覚える境地には、まだ到達できていない。それよりも――

「ひ、ひとつだけ、聞いても？」

「なに？」

覚悟を決めて聞いた。

「俺のこと、もしかして、知ってて……」

「うん」

「最初から？　ぜんぶ？」

「うん」

じゃあ、つまり、あの放課後デートに誘われたときから。

――付き合ってるって誤解されちゃうかもね。

足元が音を立てて崩れていくようだった。

勘違いもいいところだ。

すべては、儚い幻想だったのだ。そんな、そんなことって……。

「黙っていたのは、その……ごめんなさい」

意外にも、伊予森さんは素直に謝った。

すこしほっとしたのも束の間、

「でも遠野《とおの》くんだって、嘘ついたでしょ？　名前くらいは知ってる、だなんて。せっかく仲良くなれそうだったのに、あれは傷ついたな……」

「うっ……」

ぐうの音も出ない。

その通りだ。たしかに俺だって隠していた。

だがそれは伊予森さんがそういう人だとは知らなかったからだし、などという言い訳は、この凍《い》てついた表情の前では逆立ちしても出てきそうになかった。

「もともと、きみの力を借りたくて仲間に誘おうと思っていた矢先、いきなりゲームからいなくなっちゃうんだもん。アバターネームやアカウントＩＤで検索しても出てこないし」

「……それは、いつごろの？」

「一ヶ月くらい前。高校入ってすぐくらい」

なら当然だ。

入学式の前夜、俺はアカウントを削除した。

そのあと、クリスの件で新しくアカウントを作るまで、一切ログインしていない。

「なんだか避けられてるみたいで、悔しかった。ネットで顔が見えないから余計にね」

「でも、どうやって俺のこと……」

個人を特定できるような情報は載せていなかったはずだ。

すると伊予森さんはすこし得意げに、

「前にさ、コミュニティのオフ会、出たことあるでしょ」

「え……」

記憶のかたすみに仕舞われていたささいな思い出が、その言葉によっていきなり光を浴びた。

そういえば。

たしかに、以前に一度だけそのような催しに行ったことがある。だが、それがどうしたのか。

「わたしの友達の知り合いに、そこに行ってた子がいて。で、その子がゲーム内の有名人に会ったって話を聞いたの。だれも崩すことのできなかったあの《十傑の壁》を破り、デュエルマッチのトップランカーにまで昇りつめた《英雄》――シルバーナイトとね。しかも、本人と直接いろいろ話をして聞いたって。名前とか、住んでるところとか、年とか」

だんだんと思い出してくる。

たしか、半年ほど前のことだ。

コミュニティサイトの地方版のオフ会が、近くの街のカラオケ店で行われた。

当時の俺は学校以外はほぼひきこもっていたが、一度だけ自分を奮い立たせ（というか親に叱咤され）、それに参加したのだ。だが初対面の他人に囲まれ、がちがちに緊張しまくった俺は、だれとなにを話したのかもよく覚えていないまま、そのオフ会から途中離脱した。結局、そのときの体験が軽いトラウマになってしまい、リアルの場所に出たのはその一回きりだ。

はっきりとは覚えていないが、たしかにそのとき、現実の個人情報とか迂闊《うかつ》なことまでしゃべってしまったような気もする。

「友達づてその子から詳しい話を聞いたら、なんとびっくり、その『彼』はわたしと同じ高校を受けるみたいだっていうじゃない。もし落ちたり学校変えてたりしたらどうしようもなかったけど。それでもまさか、こんなすぐ近くで会えるなんて、思ってなかった」

すごい執念だ。

もちろん、運命のいたずらとか、巡り合わせというのもある。

だがそれ以上に、たかだかゲーム内の目的のために、そこまで積極的に情報収集をする姿勢には感心するほかない。

なぜ彼女は、そこまでして「俺」を探していたのか？

「ねぇ遠野くん、どうして最初に聞いたとき、嘘ついたの？」

「それは……」

あのときは、深い考えがあったわけではない。

ただ、一世一代の決意をしてゲームをやめて、高校生になって、うまくいってなかったところに伊予森さんみたいな女の子と仲良くなれそうになって、舞い上がっていたところにあんなことを言われたからだ。動揺してしまったせいだ。

いや、それだけじゃない。

後ろめたさがあった。

もうゲームなんて――という。

「いいでしょ。もう一度、わたしと一緒にやって。きみの力を借りたいの」

あくまで淡々と、しかしはっきりと言葉を紡ぐ。

これまでの理想的美少女像とは、だいぶ印象の異なる伊予森さん。

だが、どうしてだろう――

この伊予森さんから、俺はやはり目を離せなかった。

どこか浮世離れした彼女。凜《りん》とした立ち姿と、力強い言葉。すべてを見通すような視線。

自分でも不思議だった。

俺はまたしても彼女に惹かれそうになる気持ちを、ぐっと自分の手元に引き戻した。

ひとつの落胆があった。

彼女の本性に対して、ではない。

なぜ伊予森さんがこんなにこだわっているかは、わからない。

それでもはっきりしているのは、伊予森さんは、あのアイゼン・イェーガーのプレイヤーとしての俺を必要としているのだということ。

いまここにいる、遠野盾《たて》ではなく。

「……俺はもう、ゲームはやめたから」

クリスの一件は例外だ。

言い訳がましいが、俺のなかではすでにそのように処理されていた。

「それって、もうアイゼン・イェーガーはやらないってこと？」

「う、うん……」

「二度と？」

遅延ゼロで返してくる伊予森さんに気圧《けお》されながら、首だけでうなずき返す。

「ふーん、そう……」

伊予森さんはすっと身を引いた。ビクビクしながら彼女の反応を、審判のときを待つ。

「そういうことなら、わかった」

その返答に、全身が溶けるような深い安堵を味わった。

よかった。どうなることかと焦ったが、どうやらこちらの意図を察して諦めてくれたらしい。ひとまず、大きな問題は解決した。

「ご、ごめんね。ほんとうに申し訳ないとは思って……」

「ううん。大丈夫だから」

伊予森さんは、おそらく全国の男子高校生がイチコロになるであろう完璧な微笑を浮かべる。

――結果的に言えば。

伊予森さんはなにも諦めていなかったし、なにも解決などしていなかった。

◆

◆

「遠野くん。一緒にお昼食べよう」

昼休み。弁当を手にした伊予森さんが、俺の席までやってきて言った。

教室にいたクラスメイト全員の頭上に『!?』のマークが浮かぶ。

俺も例外なく、呆けたように彼女を見上げた。

いつも伊予森さんと一緒にお昼を食べている女子グループや、あるいはクラスのなかでも目立つイケメンズの驚愕《きようがく》の視線も意に介さず、伊予森さんは真顔で俺を見下ろしていた。

ほとんど真っ白な頭のまま、俺は伊予森さんに引っ張られ、中庭まで連れてこられた。

緑に囲まれ、開放感のある憩いの場所。

その一番目立つところのベンチに、俺はなぜかひとりの美少女と肩を並べて座っていた。

いつかこんなことをしてみたいと夢想していたシチュエーションだったが、ちっとも喜べないし心が安らがないのは、いったいなぜだろう？

伊予森さんはやや俺のほうに身体を向け、閉じた太ももの上に弁当箱の包みを広げている。

肩は触れそうなほど近くにあり、彼女のさらふわの髪からは花のような匂いがした。

そのとき近くを通りかかった体育会系の男子グループが、こちらを見た。チッ！　と露骨な舌打ちをし、ガンを飛ばされる。

肝が凍えた。

まだ冷やかされたほうがマシだった。本気で疎まれている。あれは憎悪の視線だ。

ただでさえ孤立しているのに、その上さらに望みもしない敵を作ったとしたら、俺の高校生活はどうなってしまうのだろう。

いったい俺がなにをした？

「遠野くんのお弁当、おいしそうだね」

だがそんな俺の不安になど、伊予森さんはまったく気づく様子もない。

「ふ、普通かと……」

かろうじてそう答えたものの、ほとんど弁当の中身は減っていない。

伊予森さんは、じっと俺の弁当箱を見つめている。なんだろう。俺はなにか言うべきなのだろうかと焦り、

「よ……よかったら、なんか、いる？」

「いいの？」

「うん、だいじょぶ。なんでも、どぞ」

俺は進んで弁当箱を差し出した。この状況ではぜんぜん喉を通らないので、むしろ食べてもらえるのはありがたいくらいだ。

と、なぜかそこで。

伊予森さんは、俺に向かって目を閉じて、小さく口を開けた。

その行為はまったく意味不明で、俺は箸を持ったままぽかんとしてしまう。

「…………………あの、なにを……」

「食べさせて」

は？

伊予森さんは恥じらうでもなく、涼しげな表情を浮かべている。

「人のお弁当にお箸入れるのは、ちょっとお行儀悪いかなって」

「いや……そんな……ことは…………っていうかなん――」

「はやくして」

命令？　これはお願いではなく命令なのか？　オペレータ的な？

なんだこの状況。

クラスいちの、あるいは学校いちかもしれない美少女が、俺の前で口を開けて待っている。

俺は震える箸で弁当箱から厚焼き卵をつまみ上げた。

それを爆弾処理班のような慎重さで伊予森さんの口元まで運ぶと、彼女がぱくっとそれに食いついた。

「うん。おいしいね」

クソがっ!!　と今度は二年か三年の先輩らしき男子たちが、近くのゴミ箱にケンカキックを入れながら通り過ぎていく。

生きた心地がしなかった。

見知らぬ人からしたら、俺たちはいちゃつくカップルにでも見えているのだろうか。

だがちょっと待ってほしい。よく見てくれ。恋する乙女だとしたらあまりにもクールな伊予森さんの佇まいを。そして青ざめた俺を。

この状況が、いかに異常かということを。

もちろん嬉しくないわけじゃない。

……が、俺の心臓が耐えられるレベルをゆうに超えている。

もともと人の目に付きやすい伊予森さんのような人が、こんな目立つ行動をとって平気なのだろうか？

「伊予森さんは……き、気になったり、しない？　……こういうの」

「なにが？」

「その……だから。こういうのは、勘違いされるかも、というか。つまり俺と、その」

伊予森さんは困惑したようにしばし眉をひそめた。

「なに言って……あっ」

「？」

「コホン……うん、たしかに勘違いされちゃうかもね。えっと……そう、困ったな」

伊予森さんは気を遣ったように、わざとらしく焦ってみせた。

えー……っと。つまり。

そもそも俺は、そういう勘違いされるような存在ですらないという、そういうことかな？

ようやく口にした白飯がしょっぱくなるほど悲しいが、客観的には正しいようにも思えた。

「……いいよ、無理しなくて」

「そ。でも、べつに勘違いされたってわたしは構わないよ」

「え？」

「だって、遠野くんと仲良くなりたいから」

ひゅっ、と息をのんだ。

面と向かって人から好意を向けられることに、俺は慣れていなすぎる。

だけどきっと慣れていたとしても、俺はいまと同じように心を掴まれるのだろう。

ふと、近くで立ち止まっていた女子と目が合った。

きわどく短いスカート。ブラウスの上からルーズなカーディガンを羽織り、胸元を大きく開けている。耳元には金属の光がきらめき、軽くカールのかかった髪は明るい色に染めてある。

なにやらこちらを睨んでいた。

だが俺と目が合うと、どこかへと立ち去っていった。

なんだ？　というかだれだ？

「あれ、どうしたんだろう？」

「ああ……だれかな」

「えっ、なに言ってるの？」

「え？」

俺はまるでコントのように、伊予森さんと顔を見合わせてしまった。

「あれ、うちのクラスの杏崎《あんざき》さんでしょ。杏崎瑛子《えいこ》さん」

名前を言われても、ピンとこなかった。

そういえば、顔は見覚えがある。気がする。

だがどのみち女子全体に縁がなく（男子ともなく）、ましてやあの杏崎さんのような目立つ容姿の女子と俺が接点を持つことはないだろう。

もっとも、その筆頭のような伊予森さんと、いま一緒に弁当を食べているわけだが。

世の中なにが起こるかわからない。

「遠野くん、もうすこし周りに関心を持ったほうがいいと思うよ」

「そうですね……」

俺はしおらしくうなずいた。


放課後、俺は図書室にいた。

帰宅部の俺は、こうしてときどき図書室に立ち寄っては時間を潰していた。

ほかの高校はどうか知らないが、わりとラインナップは充実しているほうだと思う。

といっても、俺が借りるのはラノベくらいなのだったが。

　残念ながらこれまでのところ図書室で静かに本を読む美少女との出会いはなかったが、それでも俺にとっては数少ない憩いの場だ。

いや――だった、というべきか。

じー。

……これはいったいどういう状況なんだろう。

俺の向かいの席に座った伊予森さんは、本を読むでもなく、合わせた両手の上に顎を乗せてじっとこちらを見ている。

「あ、あの……」

「なに？」

伊予森さんが首をかしげる。

「な、なにをされて……」

「なにって、見てるの。遠野くんを」

「……………なぜ」

「うーん……。読書してる男の子って、すこしかわいいから」

「なっ……」

思わず顔が熱くなる。その評価を、果たして男として喜んでいいのかわからないが。

「本気と書いて冗談だよ」

「ど、どっち……？」

完全に伊予森さんのペースだ。だが俺が主導権を握れるはずがない。

「なに読んでるの？」

「やっ、その、まあつまらないものですが……」

実際にはつまらなくないし、むしろいまハマっている。ファンタジーもののラノベだ。ただけっこう露骨な萌えイラストなので、あまり女子には見られたくなかった。といっても図書室にあるんだから、べつに俺が恥ずかしがることはないとも思うが。

「面白い？」

「そ、そこそこ」

「ふぅん……」

「……あ、あのさ。図書室って、その、本を読むか勉強をするのが主な用途で……」

「べつに、騒がなければいいでしょ」

「それは……ただ……」

たしかに、混んでいるわけでもないし、だれかに迷惑をかけているわけでもない。

だが自分が逆の立場だったらどうだろう。

読書するわけでもなく、勉強するわけでもなく、なんとなくふしだらなオーラを放ち続ける男女がいるとして、俺ならどう思うか。

俺なら相手を疎ましく思う。いやぶっちゃけ呪うだろう。

つまり、それがいまの俺か？

司書の先生からも、なんともいえない生暖かい視線を向けられている気がする。

これはやはり、伊予森さんなりの説得術なのかもしれない。

伊予森さんと話したり、一緒にいられるのは嬉しい。でも居心地が悪いのも事実だ。それを見越してやっているのだとしたら、まったくもって敵わない。

それにしても――非現実的だ。

伊予森さんはやがて俺を観察するのにも飽きたのか、窓の外へと視線を向けた。

茜色に染まる図書室。

理知的な少女が世界の果てを眺めている。

まるで一枚の絵画のような光景。

これが、彼女の素なのだろうか。

わざわざ媚を売るような作り笑顔を浮かべたりはしない。言いたいことを言い、行動したいように行動し、その瞳はどこか遠くを見つめている。

すくなくとも、教室でほかの女子や男子と話しているときには、一度も見せたことがない。

いまこのときだけ。

その姿を俺だけが知っている。そんな気がした。

そう思うと、居心地が悪いと感じたこの時間も、実はとても貴重なものなのかもしれない。

「あ、ところで、遠野くんてクリスちゃんと付き合ってるの？」

「ホォア!?」

気分に浸っているところに雷撃を食らった。

「しー。静かに」

伊予森さんが唇に人差し指を当てる。俺はあわてて身体を縮め、声をひそめた。

「ち、ちがっ……」

「でも告白されたんでしょ？」

「――――」

バレてる。

伊予森さんがわずかに目元をゆるめた。

「仲良いんだね。放課後も一緒に帰ってるみたいだし」

「そ、それは、クリスがいつも待ち伏せてるから……」

「それってさ、遠野くんがちゃんと返事をしないからじゃないの？」

「……っ！」

図星、なのかもしれなかった。

自分でも曖昧にしていたところに、伊予森さんは問答無用で斬りかかって来る。

「いや、だって、でも、それは」

しどろもどろになっている俺に、伊予森さんが顔を寄せた。

「……これは善意からの忠告だけど、小学生とそんな風になるのは、すこし問題だと思うよ。遠野くんがそういう好みなんだとしても、ほかのひとに知られたら、困るでしょ」

伊予森さんのピュアクールが、ほんのわずかに崩れる。

目を細め、猫のように微笑んだ。

得意げに。純粋に楽しそうに。

そのとき俺は理解した。

最初から自分は詰んでいたことを。

やはりこれが彼女の素なのだと。

そして本心から楽しいとき、こんな凄絶な微笑を浮かべるのだ。

真っ黒なオーラをただよわせる伊予森さん（あるいは黒森さんと命名）は、身の毛がよだつほど可愛くて、絶望的に魅力的で。

「話、聞いてくれるよね？」

いろいろな意味で、俺はノックアウトされてしまったのだった。

◆　◆

校舎の屋上に、俺たちは場所を移した。

伊予森さんに付いていって出てみると、他の生徒はいなかった。

今日は風が強い。すこし寒いくらいだ。

そういえば前に担任が言っていたが、昔は入れなかったらしい。開放されたときの条件だったのか、端にはまだ新しいフェンスが周囲を高く覆っている。

伊予森さんはそちらに近づき、フェンス越しの光景を見下ろした。

「ねぇ、遠野くん」

伊予森さんが俺を振り返る。

首元でおさえた長く綺麗な黒髪が、風になびいてふわりと広がる。


「きみなら、あのプレイヤーを倒せるのかな――」


その声は、不思議に響いた。

漆黒の瞳に俺の視線は吸い寄せられる。

こんなときにもかかわらず、またしても俺は彼女に見惚れてしまった。

「一ヶ月くらい前から、ある猟機《りようき》が話題になってる。これ、見て」

渡されたのは、一枚のプリントアウトだった。

かなり粗い画像だ。プリンターのせいではなく、もとの解像度が低いのだろう。

窪地に大規模なエネルギープラントの跡が広がっている。よく見知った光景。アイゼン・イェーガー内のフィールドのひとつだ。

燃え盛る炎の中に立つこの黒い人型のシルエットは、猟機だろうか。

「《黒の竜》——こいつの通称」

機体に張られたエンブレム。

そこに描かれた紋様が、うっすらと竜のかたちをしているのが見えた。

「これが……どうしたの」

「クエスト攻略中の上位チームに襲いかかって、次々と潰してる。映像をキャプチャーしても、いつもぼやけてしか映らない。おかしいと思わない？　ゲームでこんな怪奇現象みたいなこと」

俺はもう一度画像に目を落とす。

不思議とその黒い影には、引き寄せられるような魔力があった。

「わたしが指揮してたチームも、そいつにやられた」

伊予森さんの肩が、わずかに震えていた。

「たった一機に、なにもできなかった。みんな、わたしの選んだ腕利き。それが手も足も出なかった。あんなの……反則《チート》だよ」

最初、伊予森さんは単に憤慨しているのかと思った。

だがちがう。

その気持ちは俺にだってよくわかる。きっとこの学校にいるだれよりも。

力でねじ伏せられる悔しさ。

俺がアイゼン・イェーガーをやめた後に実装された敵キャラクターではないか。

「ＮＰＣ？　なにかイベントの敵とか……」

そう疑ってみたが、伊予森さんは首を振った。

「あまりに強すぎるから、運営側の操作プレイヤーなんじゃないかって噂もあった。でも公式回答があって、それは否定されてる。この件については不正行為も確認されていないって。そしてプレイヤーについては、個人の特定につながるようなことは公表はできないと」

「それって、つまり……」

「れっきとした、人間が操ってるっていうこと」

あれほど卓越した指揮能力を持つ伊予森さんが統《す》べる腕利きチームが、完敗する相手。

しかも一機。

ありえるのか、そんなこと？

「いまわかっているのは、まだだれもそいつに勝ったことがないっていうことだけ。そいつが何者なのか、どこから来たのか、だれも知らない」

たしかに、それは奇妙だ。

オフラインモードオンリーならともかく、オンラインでやっている以上、どこかのチームに所属していたとか、知り合いがいるとか、なにかしらの情報は集められるものだ。

だれも知らないということが、まず考えにくい事態。

俺は写真の黒い猟機を見つめる。

その機体には、やはり見覚えがなかった。

「みんな全力を出した。わたしの指揮にもミスはなかった。それでも、勝てなかった」

「……そのうち、だれかが倒すよ」

その発言は軽率だった。

伊予森さんが、きっと俺をにらんだ。

「だれかってなに？　もう名の知れた強豪はみんなやられた。自慢のハイエンド機体を徹底的に破壊されて、あいつと好き好んで戦おうとするプレイヤーは残ってない」

不正めいた力を持つ相手とまともにやりあっても、自分が損をするだけ。

真実がどうであれ、そんな風に判断したくなる気持ちは俺にもよくわかった。

だがそれと同じくらい、伊予森さんの悔しい思いにも共感できた。

これがわざわざ俺なんかに近づいてきた理由——ということか。

「お願い。遠野くんの力を、貸してほしいの」

「でも、俺は……」

自分に対する苛立ちが俺を蝕んでいた。

この間から、ずっとこんな調子だ。

ずるずると続けてしまうのは、俺の気の弱さと、決断力のなさに起因している。

「他に、なにかやることがあるの？」

「そうじゃない、けど……」

「じゃあどうして？」

伊予森さんは不思議そうに聞いた。

思い出すのは、いつもあの光景。

中学の卒業式の日。

式が終わり、教室で最後のＨＲが終わると、昇降口の前でみんなが思い思いに集まっていた。

クラスの友達、部活の仲間、親友同士。

泣き、笑い、一緒にふざけあっている。

俺の属するところは、どこにもなかった。

愕然とした。

自分がなにを失ったのか、いや、手に入れられたはずのなにを手に入れ損なったのか、はじめて思い知った。

俺はひとり、まっすぐ家に帰った。恐怖にも等しい孤独感に襲われながら。

あのときからなにが変わった？　いや、なにも変わってはいない。

あのとき気づいたんだ。

自分が、間違っていたことを。

「俺は、伊予森さんとはちがう」

「……なにが？」

いつも人に囲まれている伊予森さん。

じゃあ、俺は。

ずっとこのままなのか。

「あのゲームのせいで、俺の中学生活は無駄になった」

「え？」

「伊予森さんは、その、上手いでしょ。人との付き合い方とか……。でも俺はぜんぜんだめで、そういう風にはできないし、だから——」

「ちょっと待って。なんの話？」

向けられる困惑の視線から、たまらず俺は目をそらした。

きっと理解されない。

同じゲームをしていたのに、こんなにもちがう。伊予森さんには、俺のこの惨めな気持ちなんてわかるはずもない。

「そうなったのも、ぜんぶあれのせいなんだよ。俺、ずっとゲームばっかやってて、そのせいでこんな風になって……。ほんと馬鹿だよね、最悪だし……」

友達なし。彼女なし。家庭内の立場なし。

もういやだった。繰り返したくない。

だから、やめるべきなんだ。

「ゲームの、せい？」

俺はようやく、伊予森さんの様子が変わったことに気づいた。

「伊予森さん……？」

顔を上げたとき、伊予森さんはなぜか寂しそうな目をしていた。

「ねぇ、遠野くん。きみはどう思ってるの？　あのゲームを、アイゼン・イェーガーをやっていたことを」

「間違い、だった。ただ……それだけ」

「間違い……」

答えに疑問は抱かなかった。それすらあの頃の俺はわからなかった。

でもいまの俺はちがう。たとえ中身はたいして変わっていないとしても、気づかなかった頃に戻ることはできない。

いまの、これからの自分のために。

「間違いだったから、もうかかわらないっていうこと？」

伊予森さんは、なぜか繰り返し尋ねてきた。

俺はやや困惑しながらも、うなずき返す。

「そっか……」

伊予森さんはなにかを納得したように、

「そういうことなら、仕方ないね。遠野くんがそんな風に思ってるのに、わたしが強要するなんてこと、できないね」

「あ、あの――」

「今日はありがとう。……無理言って、ごめんなさい」

その口調は優しかったが、声には先ほどまでのような熱はこめられていない。

はじめて話しかけられたときのものに戻っていた。優等生の伊予森さんのものに。

伊予森さんが背を向ける。

「さよなら。遠野くん」

その背中が出入口へと消え、扉が重く閉まるのを、俺はただ呆然と眺めていた。

ゲームを断ってリア充になる――

俺の選択は、間違ってない。

そうわかっているのに。

——どうして、こんなにも苦い気持ちになるのだろうか。

＃11

帰宅途中、わいわいと騒ぐ大きなスポーツバッグを背負った男子中学生の集団のなかに、篤士《あつし》の姿を見つけた。

一緒にいるのは、同じ中学のサッカー部の面子《メンツ》だろう。

近づいていくと、篤士がこちらに気づいた。

「あ、兄貴じゃん」

ちわーっす、と他の中学生たちが挨拶してくる。

「ねえねえ、聞いてよ兄貴。吉田《よしだ》がさっきさ、散歩中の犬にびびって転んで、電柱に頭ぶつけたんだよ！」

「ちょ、おまえなに話してんだよ！　頭は打ってねーし！」

「うそつけー目まわしてただろ」

「マジでやばかったんっすよ！　『ひぃ』とか言って横に飛んでガツン！　って。あ～動画とっときゃよかったたぁ。どんだけビビってんだよ」

「おいやめろってば！」

遠慮なく互いをどつき合い、笑っている。

とてもまぶしい光景だった。

「楽しそうだな」

「ん？　まーね。仲間だから」

仲間、か。

うらやましいが、それよりも弟が人に恵まれていることに安堵した。

俺は駄目かもしれないが、せめて篤士と詩歩《しほ》には、幸福な人生を送ってほしいと思う。それは嘘偽りのない本心だった。

「兄貴もさ、なんか部活とかやればいいのに」

「俺が？」

「兄貴って運動とかはいまいちかもしんないけど、ほら、ときどき鋭いこと言ったりするし、あと……あと……なんだろ……？　あ、ほら、目がいいじゃん！」

長所を言いにくい兄で申し訳ない。

とはいえ、目がいいというのは、篤士の観察眼も的外れではないようだった。

なんだろう。弓道とかそういうのをやったら活かせるのだろうか？

「……考えとくよ」

コンビニに寄っていくという篤士たちと別れ、俺はひとり帰路についた。

家に帰ると、詩歩がいつものようにリビングで勉強していた。

小さい頃から、ここが詩歩の一番の勉強場所だった。

部屋も使っているが、詩歩はこうしてリビングで問題集を広げていることの方が多い。本人いわく、その方が部屋でこもってやるより捗《はかど》るから、ということらしい。

いつもなら、なにも口出ししない。

だがその日は、なんとなく声をかけていた。

「あのさ、なんでそんなに勉強するんだ？」

問題に集中していた詩歩は、しばらくしてから顔を上げた。

「一位になるのが楽しいからです」

「身もふたもないな……」

秀才の我が妹は、なにごともないように言ってのけた。

そりゃあ、それだけできたら楽しいだろうなと思う。

とはいえ、俺は知っている。

小学生の頃からこつこつ毎日勉強してきたからこそ、いまの詩歩がある。才能とかそういうことではない。ただ努力した。それだけのことだ。

「それと、もしかしたらこの先、家族を養っていかないといけないかもしれないですから……」

「おまえ、そんなことまで……」

中学二年生にして、すでにそこまで考えているなんて。

我が妹ながら誇らしい。父親も母親も感無量だろう。

「家庭内に、将来ニートになるかもしれない人がいますので」

「それって……いや、いい」

その先はあまり聞きたくなかった。

夕食後、俺は自分の部屋でなにをするでもなく、ぼんやりしていた。

静かな部屋。

子供の頃から変わっていないベッドと学習机。ゲームの関連書籍が詰まった本棚。卓上のタブレットPCと、そしてVHMD——

そういえば、ここに客を招いたのはいつ以来だっただろう、と考えた。

だがその二人も、もうここに来ることはたぶんない。

なにも変わりはしない。

最初からこうだっただけだ。

篤士に言われたことを、本気で考えてみようと思う。

部活なら今からでも入れる。かなり気まずい思いをするだろうが、ここで頑張らなければ、きっとこの先は開けない。

今度こそ、逃げ出さずに、なにかを見つけなければならない。

なんとしても。無理矢理にでも。

自分に嘘をついてでも。

◆　　◆

翌日の放課後、例の公園でクリスが待っていた。

最初の日以来、クリスが校門前で待つようになっていたので、人目を避けるためここを集合場所にしようと俺が提案したのだった。

さすがに来るなとは言えなかったがゆえの、急場しのぎの策だった。

だが、それも今日で最後かもしれない。

ブランコに座っていたクリスは、現れた俺を見ると顔をほころばせて立ち上がった。

「シルトさん！　今日、このあと一緒に新しいフィールドに来てくれませんか？　ケイたちみんなも一緒です。みんなシルトさんに教えてほしいことが――」

「く、クリス。そのことだけど……」

俺が口を挟むと、クリスはきょとんとして目をまたたかせた。

無垢な表情が胸を締めつける。

「その……今日は行けないっていうか……。いや、今日だけじゃなく、ここしばらく。その……ちょっと忙しくて」

おそらくいま俺は、この町内で一番最低の男だろう。

小学生相手に嘘をついている。

情けない俺の言葉を、クリスはどのように受けとめたのだろうか。

だが意外にも、クリスは逆に焦った様子で、

「そ、そうなんですね！　そっか……高校生って、たいへんなんですよね。あたし勝手なことばっかり言って、ごめんなさい……」

「いや！　気にしないで、ほんとに」

俺も気まずくなった。

自分のせいとはいえ、息苦しい沈黙が横たわる。

「あの……あたし、ほんとにシルトさんのことが、好き、です。かっこいいって、思ってます」

ふいにクリスが言った。

うつむきがちで、その表情はよく見てとれない。

だが、怖がっているのかもしれない、と俺は感じた。

それはたぶん、俺がクリスを邪険にしたからだ。自分のことを面倒くさがっていると、そんな風

に捉えてしまったのかもしれない。

「そ、そっか……」

なにがそっかだ？　もっとなにかあるだろう。だが気の利いた台詞など出てこない。

伊予森さんが言っていたように、真剣に考えること自体まずいという気がするし、かといって誠実に考えないのも、それはそれでクリスに対して申し訳ないという気になる。

「ありがと……。でも俺はぜんぜんかっこよくは……。それに、シルトっていうのはゲームのなかのキャラで、その、現実の俺とはぜんぜん別の存在っていうか……」

「あの……。それって、ちがうんですか？」

「え？」

「ゲームだと、ちがうんですか？」

クリスは不思議そうにしている。

言葉は少なかったが、言おうとしている意味は、おぼろげにわかった。

「それは……」

予想外の反応だった。

現実とバーチャル。

クリスからしたら、そこに区別はない、ということなのかもしれない。

ジェネレーションギャップ……というほど年は離れていないが、俺からすればすこし驚くような捉え方だった。

　同時になぜか俺は、慰められたような気分だった。

「ご、ごめんなさい。あたしがこどもでばかだから、よくわかんなくて……」

「いや、そんなことはないから。……ありがとう」

「……？　あの、あたしなにもしてないですよ」

　クリスの言う通りかもしれない。

　だが仮に、ゲームのなかの俺も現実の俺の一部で、クリスがそれを好きになってくれたとして、俺にはやはり受け入れきれないものがあった。すなわち。

　どうしてアイゼン・イエーガーなのだろう。

　まだそれだったら、俺の冴えない顔とか、冴えないスタイルとか、あるいは雰囲気でも髪型でも手相でもなんでもいい。ほかの部分を好いてくれたのだというのなら、俺だってもっと素直に喜ぶことができる。

　クリスも、伊予森さんも。

　どうして人が求めてくるものは、俺が一番後悔していることなのだろう。

　そこまで考えて、ふと自嘲的な気分になった。

　当たり前だ。なぜなら俺はそれ以外、なにも持っていないから。

　本当に、滑稽だ。

「……とにかく、今日はごめん。友達同士で、楽しくやってきなよ」

「は、はい……」

うつむくクリスに、俺は作りものの笑みを向けた。

こんな状況で笑顔を作れる自分が、まるで他人のようだった。

押し寄せる罪悪感を胸の中で握りつぶす。

これでいいんだ。

俺は自虐的な確信とともに、胸のなかでその言葉を繰り返した。


翌日の教室。伊予森さんはこれまでと同じように挨拶をしてくれた。

そしてこれまでのように自然とクラスメイトたちの中心に入っていく。明るい伊予森さんたちの声は、俺の耳を通り過ぎていく。

結局その日、おはよう以外の言葉を伊予森さんと交わすことはなかった。

その翌日も同じだった。

さらに次の日も。


こうして何事もなく、鉄壁の防衛力を誇る俺の孤島が復活したのだった。

◆　◆

その日は、一日中雨だった。

俺は自転車を家に置き、徒歩と電車で登校した。帰りも同様に、駅からの道のりを傘を差しながら歩いていた。

いつからだろう。

ぽっかりと、胸に穴が空いてしまったような気分が続いている。

いや、ただ元に戻っただけか。

これが俺の現実。そこから俺はスタートしなければいけない。

懐が震えた。

電話だ。取り出した携帯の画面に表示された名前を見て、ドクンと心臓が跳ねた。

―伊予森 颯―

出るべきか。

ごちゃごちゃとした無数の言葉と選択肢が、頭のなかをかき乱す。

俺はなけなしの勇気を振り絞り、画面に触れた。

「もしもし……」

『遠野くん。わたし』

「うん……」

俺が言葉に窮して黙り込むと、なぜか伊予森さんも沈黙した。かすかな息遣いだけが聞こえる。

なにか様子がおかしかった。

『遠野くんに言うべきか、迷ったんだけど』

「……どうしたの？」

『クリスちゃんが……』

その続きを伊予森さんから聞き終えた俺は、急いで家まで走った。

帰るなりドタバタと部屋に上がり、すぐにＶＨＭＤを装着。

アイゼン・イェーガーにログインした俺は、クリスのドックへと向かった。


デコレーションされたピンク色の機体は、無残な状態だった。

左腕がなかった。両脚がなかった。頭部が潰され、胸部が溶解し、無傷で残っているパーツはなにひとつなかった。

クレーンに吊るされたままの大破した自分の猟機を、クリスが棒立ちで見上げていた。

感情が見て取れないその横顔。

かける言葉が、見つからなかった。

「せっかく、きれいに作ったのに」

「……プレイヤーに、やられたのか」

こくり、とクリスがうなずく。

「チームのみんなも、おんなじ風に」

それだけで俺は最悪の状況を察した。

全員やられたのだ。

ケイも、リエンも、マグナスも。

あのとき、はじめての対人戦に勝利し、手放しで喜んでいた彼らは、いまどんな気持ちでいるのだろうか。

「なにもできませんでした。やっぱり、つよい人は、すごいですね」

俺が一緒に行っていれば。

みんなを守れたはず、というのは驕りだ。けれど、なにかはできたかもしれない。

「でも、こういうゲームですもんね！　気にしないでください。あたしもかんたんにやられちゃわないように、もっと特訓します」

そう言って、おそらくクリスは笑おうとしたのだろう。

だが残酷にも、ＶＨＭＤはクリスの感情を、現実の反応を正確に拾い、アバターがそれを再現してしまった。

　クリスの頬を涙が伝う。

「あ、あれ……？　やっ、ご、ごめんなさい。……その、だって、シルトさんが来てくれるって、思って、なくて……びっくりして、あれ……」

「クリス」

　こらえていたものが溢《あふ》れてしまったように、クリスは声を詰まらせた。

　その涙に含まれる感情が、決して言葉通りのものだけではないことは、いくら俺でもわかった。

「あいつに襲われたんだよ」

　かたわらの声に振り返る。

　そこに、《白眉猟兵団《ホワイト・イエーガー》》の専用衣装をまとった凛々《りり》しい少女のアバターが、あのとき俺たちを救ってくれた凄腕オペレーター――イヨがいた。

　伊予森さん、と咄嗟《とっさ》に言いかけて、俺は口を閉ざす。

「《黒の竜》」

　イヨが呟《つぶや》いたその名前は、まるで呪いの言葉のように俺の胸に沈み込んだ。

「猟機のメインカメラのログを見た。やっぱり映像は粗くなってたけど、映っていたのは、あの黒い機体」

一瞬、だっただろう。

クリスたちも、なにがなんだかわからないうちに攻撃され、大破させられていた。

皮肉にも、そのことがまだわずかな救いのように思えた。

「なんとも、思わない？」

なにがだ。

これはゲーム。しょせん遊びだ。

べつにクリス本人の身体が傷ついたわけじゃない。猟機だって資金が貯まれば修理して綺麗に元通りになる。その《黒の竜》と呼ばれているプレイヤーだって、公式に問題がないと認められているじゃないか。

仮になんらかの不正行為があったとして、それがなんだというのか。

そんなこと、どんなオンラインゲームでも多かれ少なかれ起きていることだ。いまどきめずらしいことじゃない。

俺のアバターの表情は、なにも変わらなかったにちがいない。

イヨは寂しそうに、目をそらした。

「……そう」

そう呟いたきり、イヨはその場から転移した。

俺はクリスが今日はもうログアウトすると言うまで、いつまでもその機体を見つめていた。

◆　◆

そのあと、俺はソロのままフィールドに出た。

グラン・サバナ大平原。

そこは、かつて俺がよく通っていた場所だった。あまりガイストが現れず、攻略場所としては重要度が低いため、あたりにあまりプレイヤーの姿は見えなかった。

小高い丘の上まで登ったところで猟機を停止させ、機体を降りる。時刻を確認してしばらく待っていると、しだいに天候グラフィックが変化していき、陽が傾いた。

地平線に、黄金の火が落ちる。

上にあるのは紫雲を抱いた巨大な空。

下にあるのはどこまでも続く大地。

無限に広がる世界に、俺は包まれていた。

ここだけではない。古代遺跡、機械化都市、大氷河、熱帯砂漠——アイゼン・イェーガーのフィールドのすべてが、かつて俺が魅かれた戦火と冒険の世界。

これは現実じゃない。その虚構の空間に、かつての俺は魅了された。

平原の先で、三機の猟機と、獣型のガイストが交戦していた。

よく見ると、猟機はどれも初期状態のままだ。

さらに動きが拙《つたな》い。どうやら初心者のプレイヤーたちのようだった。

すばやい敵に翻弄され、一機が連続で攻撃を浴びる。味方機も照準が上手く定まっておらず、劣勢だった。このままではやられてしまうかもしれない。

頭のなかで勝手に反撃方法が浮かび上がる。

ちがう。そうじゃない。もっと速く。もっと的確に。

プレイヤーたちはぎこちない動きながらも手持ちのライフルを連射し、ようやく敵ガイストに攻撃が命中しはじめる。

敵の体当たりをくらい転倒した仲間に、味方がすかさず接近。慣れない近接兵装を振るい、命中はしなかったがなんとか敵を追い払う。その隙に一機がひきつけた両翼から、二機が集中砲火を浴びせる。敵の動きが鈍くなったところに、果敢にも接近してソードでなぎ払った。

ついにガイストが力を失って大地に沈む。

どうやら、無事撃破したらしい。

猟機を降りて、はしゃぎ合うプレイヤーたちの姿が小さく見えた。

自然と思い出していた。

このゲームをはじめたばかりの頃。

右も左も分からず飛び出したフィールドの怖さを。

なけなしの資金を貯めて買った未知の性能のパーツで、新しい機体を組み上げたときの興奮を。

対戦に負けて、それを大破させられたときの、悔しさを。

はじめて勝負に勝ったときの、嬉しさを。

俺はこのゲームが好きだった。

本当に、ただそれだけだったんだ。

それがべつのものを失うことになるなんて、あのときは思いもしなかった。

でもいまは大きな間違いだったと、後悔している。それは嘘じゃない。

だから、そのふたつに挟まれてしまって、動けずにいる。

「あの……」

ふと、間近から声をかけられた。

びびった。

いつのまにか、さきほどのプレイヤーのひとりが、すぐ近くに来ていた。その後ろには彼女の仲間が乗っていると思しき猟機がそびえ立っている。俺のアバターは彼らと似たような初期装備だったので、同じビギナー同士だと思われたのかもしれない。

「すみません。あのぅ、ここって、レベル上げとかに向いているところでしょうか？　まだはじめたばっかりでよくわからなくて」

「……序盤のレベル上げなら、マルドゥックってフィールドが、おすすめかと」

俺が愛想悪くぼそりと答えると、彼女は笑みを浮かべて、

「ありがとうございます！」

と明るい返事をして、仲間たちとともに去っていった。

べつに、彼らと自分を重ねたわけではない。

そもそも協力プレイが、というよりコミュニケーション自体が苦手だった俺は、ほとんどの主要クエストをソロで攻略したのだから。

とにかく役に立ったようでよかった、と感じたとき、それによってクリスと伊予森さんのことが脳裏によみがえった。

こんな俺でも、できることはある。

泣いていたクリス。怒りを堪えていた伊予森さん。

それを前にしてもまだ俺が動けずにいるのは、本心から自分の三年間が間違いだったと思っているし、後悔しているからだ。

だけど。たとえ間違いだったとしても――

拳に力がこもった。

これはただの感傷だ。

過去が変わるわけでも、後悔が消えるわけでもない。

それでも、いまの俺になにができるのか。俺が本当はどうしたいのか。

その答えを、俺はもうわかっているのではないだろうか。

俺はメニュー画面からログアウトを選択。視覚、聴覚情報の出力が消えるのを待って、VHMDを外した。

机の横に置いてあった携帯端末を手に取り、慣れない手つきでメッセを送った。

◆　◆

放課後、いつかと同じ屋上。

転落防止用の無骨な柵に覆われたこの場所は、まるで檻《おり》のようだった。漫画やアニメでおなじみの青春らしい爽やかな雰囲気はだいぶぶち壊しだ。だから、というわけではないだろうが、その日も屋上にほかの生徒の姿はなかった。

彼女を呼び出した俺は、一足先に来て待っていた。

やがて屋上に、伊予森さんが現れた。

その姿を目におさめた瞬間、自分でも驚くほどにほっとした。

来てくれた。

無視されるかもしれない、と覚悟していた俺は、まずそのことに救われた。

「なに？」

とりたてて笑顔でもなく、かといって険しいわけでもない。中性であり中庸。知っている。これが素の伊予森さんだ。

「遠野くん。わたしは、なにも言わないよ」

呼び出した側の俺が話を切り出さずにいると、彼女は言った。

「お願いしたいこととか、言いたいこととかあるけど、言わない。だって、遠野くんがアイゼン・イェーガーのことを自分で間違いだったって思ってるなら、わたしはなにも言う資格ないもの」

やっぱり、伊予森さんは俺などとちがって、とても賢い人間だ。

すべて見通されている。

だから俺も、素直に思っていることを口にした。

「間違いだったよ。それは、いまも思ってる」

「……そっか。うん、そうなんだね」

予想していたのだろう。

彼女の顔には寂しげな諦念が張り付いていた。

そんな伊予森さんに、俺は無言で一枚の紙を差し出した。

それはあのとき、伊予森さんに渡されたプリントアウト。竜のエンブレムを持った、謎の黒い猟機の画像だ。

「べつに……そんなの捨ててよかったのに」

伊予森さんは、めずらしく困惑していた。

「ねぇ、遠野くん、もうこのことは――」

「俺がやる」

彼女が俺を見た。

ゆっくり、ゆっくりと、その綺麗な瞳を大きくする。

その視線から、今度は目をそらさなかった。

「俺がそいつを倒してやる」

言葉は熱を持っていた。

それはいまになってさえ、俺のなかで消えずに残っていた火の欠片《かけら》。かつての俺が灯したもの。

だれかのためじゃない。

ただ自分に報いたいだけ。

遠いあの日。

ゲームに呆れるほど夢中になっていたあの頃の俺なら、きっとそう言ったから。

その頃の俺が、いまの俺をここに連れてきてくれたから。

おまえに意味があったことを、今度は俺が証明する。

伊予森さんは数秒の間、呆然としていた。

その薄い唇がやがて弧を描く。

不敵な表情。

最初のおしとやかなイメージとはちがったが、そうやって本当に楽しそうにしている伊予森さんもいいなと、場違いながら感じた。

伊予森さんがこちらに手を差し出す。とても嬉しそうな笑みを浮かべながら。

「歓迎する、遠野くん。いいえ——」

細くて綺麗なその手を、俺は遠慮がちに握り返した。

「元トップランカー、最強の猟機乗り《イエーガードライバー》——シルト」

今度こそ、自分の意思で俺は戻る。

弾丸と砂塵《さじん》が吹き荒れる、あの戦場に。

第四話　黒の竜

＃12

イーストユーラシア第００１解放区域《首都ミッドガルド》

まずは準備だ。

ログインした俺は、まっさきにミッドガルドへとやって来た。

中央区画の巨人通りは、今日も無数の人々で溢《あふ》れている。

猟機乗りに商人。プレイヤーにＮＰＣ。長い遠征クエストに備えた準備や、公式で開催されるデュエルマッチやチームバトルの大会に向けた猟機のカスタマイズなど、それぞれが必要なアイテムや兵装を求めて行き交っている。

歩きながら頭のなかで買い物リストをまとめていると、隣でイヨが店の看板を次々と指差した。

「あそこのショップはかなり割高だからやめた方がいいよ。あ、そこはランダムトラブル率の高い粗悪パーツが多いからおすすめしない。あっちは店主が嫌なやつだから却下」

「なんかネガティブな情報ばっかりのような……」

「そう？　でもそういうの大事でしょ」

淡々としたイヨに、俺はやや気圧《けお》されながらもうなずいた。

ゲームのなかとはいえ、伊予森《いよもり》さんと一緒に買い物というのは、どこか緊張してしまう。

またそれとは別の理由で俺は周りの目が気になっていた。

「あの……イヨ、さん」

「呼び捨てでいいってば、ゲームの中なんだから。わたしも、シルトって呼ぶから」

何事もないように言われる。

「それで、なに？」

「その服、目立つから、できれば脱いでくれたらありがたいかも……」

イヨはきょとんとして、自分の格好を見下ろした。

高貴な装いに威光がある《白眉猟兵団《ホワイト・イエーガー》》のオリジナルコスチューム。

それはすなわち選りすぐりのトッププレイヤーの証。すれちがうプレイヤーの視線がときおりこちらに向けられるのを俺は敏感に感じていた。しかも並んで歩くのが、ひたすら地味な初期アバターの俺だ。アンバランスなことこの上ない。

わりと良識的なことを口にしたつもりだったが、なぜかイヨはジトッと俺をにらんだ。

「急に服を脱げとか……シルトって、そういうこと言うんだ」

「え？」

言葉の意味が、頭の中でゆっくりと氷解する。

「ち、ちがう！」

「たしかに脱ぐことはできるよね。それで見せ合いながら、え、えっちな会話したりとか。そういうモラルに反したことをする人たちがいるっていうのは、知ってるけど……」

「ななな」

もしかしたら俺のアバターの顔も赤くなったかもしれない。

イヨが俺を上目遣いで見つめた。

「したいの……？」

艶っぽい声に、頭が破裂しそうになる。

イヨのアバターに現実の伊予森さんが重なり、脳内変換される。放課後のだれもいない教室。伊予森さんはブレザーを脱ぎ、俺を見つめながら同じ台詞を口にする……。

俺がフリーズしていると、

「あの、集中してくれませんか。それで勝てるとは思えないんですけど」

「はい……すみません」

イヨの刺々《とげとげ》しい言葉に、なぜか俺は頭を下げていた。

くっ……なんだか理不尽だ。

「それで、なにから揃えるの？」

「ああ、まずは……やっぱり駆動系かな」

俺たちは、リアクターの専門ショップを訪れた。

乱雑とした倉庫のなかに、巨大な球形の金属の塊がいくつも並んでいる。

まばゆい銀色の光沢。一見すると、まるで芸術的な工芸品のようにも見える。

「猟機の命だもんね」

リアクターは高度文明遺産の結晶と呼ばれる存在で、猟機の動力源にあたる。これが発生させる莫大なエネルギーが、腕や脚――アクチュエータの内蔵された各フレームパーツへと流れ、機体を動かすという仕組みだ。

移動。攻撃。回避。索敵。

リアクターの発生させるエネルギーは、すべての行動に影響する。

俺は陳列の中から、一際大きなリアクターを選んだ。カタログスペックも申し分ない。

だがイヨは驚いていた。

「シルトのあの機体に、そんな大型のリアクターを積むの？　それって重量機向けじゃ……」

「俺の猟機は近接戦闘仕様でとにかく動き回るから、出力が大きいにこしたことはないし。それに武装にあんまり重量を割かないから、積むのには問題ないよ」

「へぇ……やっぱり、慣れてるね」

セオリー通りではないし、あまり燃費の良い戦い方とも言えない。だがこれが俺のスタイルなので、こればかりは譲れなかった。

次に俺たちは、中央区画から下って南区画へと足を伸ばした。

しだいに周りの風景が、より混沌と化してくる。

ここから先は、プレイヤー自身が運営している店が集まったエリアとなる。

すると、店の大きさも趣も千差万別になる。

おもちゃ屋のようなカラフルな店。日本家屋のような古風な屋敷。

ただのお洒落なカフェにしか見えない外観の店の後ろに、巨大な倉庫がそびえているのは、だいぶ異様な光景だった。

「プレイヤーショップに行くの？　でもお金が……」

「たしかにプレイヤーがやってるところは平均的に高いんだけどね……。ただ今回の相手を考えると、生半可なものを持っていたら、命取りになりかねない」

使うべきところには使う。

それは自身の経験から学んだ教訓のようなものだった。

「それで、やっぱり主兵装のレーザーソードを変える？　前はなに使ってたの？　やっぱ〈ＭＵＲＡＭＡＳＡ〉とか、〈ＲＡＩＫＩＲＩ〉とか？」

イヨが超高性能なレーザーソードの品名を口にする。

「それが買えれば、いいんだけどね……」

たしかにそれくらいのハイエンド装備があれば心強い。

だが先立つものはなんとやらだ。

この間クリスたちと一緒にフィールド攻略で得たものが、いまの俺の数少ない軍資金となる。

「ソードは初期のままでいくよ」

そう答えると、イヨは意外そうな顔をした。

「金がないから、切り詰められるところは詰めないと」

それに初期装備のレーザーソードも悪くない。

出力を十分に上げれば重量猟機の装甲も貫ける。

なにより、初期の装備はフレームパーツも含めてすべてが《発掘商社》（この世界における猟機の取扱業者だ）の正規品のため、ランダムトラブル率が低いのが利点だった。

現実と同じように、アイゼン・イエーガーの中の機械もまた、故障する。

これは武装から猟機を構成するフレームパーツなどすべてにおいて発生し、ときには戦場で致命的な不具合を引き起こす。火器なら肝心なところで弾が出なかったり、スラスターなら十分な推力を発揮できなかったり、といった具合だ。これがランダムトラブルと呼ばれる。

安価なパーツや武装は故障率もそれなりに高くなるため、信頼性の高い装備というのは、それだけでスペック以上の価値があるものだ。

「あと、それより大事なものがある」

「なに？」

それを言うのは、本名を知っている伊予森さんにはあまり言いたくなかった。だがそれ以外に表現しようもなく、小声で口にする。

「盾だよ」

◆　◆

プレイヤーショップが集まるエリアを、さらに細い裏路地へと入っていく。

入り組んだ道を、古い記憶を頼りに右へ左へと曲がり、ときには長い階段をひたすら上がり、橋の下の下水路を進む。

「こんなところに……？」

「まあ、ぜったい気づかないよね、普通は」

まるで迷路だ。街のガイドマップにも載っていない。あえて登録していないのだろう。

気が付くと、あたりに人気《ひとけ》はまったくなくなっていた。

人ひとりがやっと通れる細い路地を抜けた先に、一軒のプレイヤーショップがあった。

看板のマークから、かろうじて猟機のパーツショップであることがわかる。

扉の前には［ＯＰＥＮ］と書かれた板が吊るされていた。

「やってるっぽい。よかった……」

立地自体の珍しさもそうだが、プレイヤーショップは当人不在で店が閉まっていることも多い。とくにここの店主は六割くらいの確率で留守にしており、しかも自動取引機能をオフにしているので、今回は運がよかったようだ。

入り口をくぐると、カウンターの奥の店主が顔を上げる。

「いらっしゃい」

ゴツい髭面《ひげづら》のその店主は、顔見知りだった。

いったいどんなマテリアルとジャンクパーツを使用しているのか、だれも正確に見抜けないのだが、非常に優れた武装を製造する一流の職人だった。

そしてそれは、ときにプレイヤーを破産させるほどに高い。

「ど、どうも……」

お久しぶりです、という意図を込めて軽く会釈すると、店主は不思議そうに首をかしげた。一見《いちげん》の客がよくこの店にたどり着いたな、という顔だった。

そこで俺は、自分が以前とはちがうアバターになっていることを思い出した。

「や、なんでも……。あの、シールドをください」

俺が挙動不審がちに言うと、店主は不審顔のままカタログを出してくる。気を取り直してラインナップを眺めた。

すべて一点もの。オリジナルの製造《クラフト》パーツだ。

カタログ上に表示されるスペックを見て、イヨが声を上げた。

「なにこれ……。このスラスターの最大推力、0ひとつ間違ってない？」

「それで合ってると思うよ」

「でも、だってこんなの」

まともじゃない。イヨの口がそういうかたちをしていた。

つまりここはそういう代物がある店、ということだ。

シールドのページを見る。

「たかっ……」

性能は申し分ないが、いまの懐事情で購入できそうな物がない。

だが口に出てしまったその言葉を聞いて、店主が近寄ってきた。

「お客さん。悪いんだが、うちは初心者の人にはあまり向かない店でね」

「俺は……」

とっさに反論しかけたが、俺はべつの案を思いつく。

「あ、あの。それより、倉庫見せてもらえますか」

俺が言うと、店主はやはり不審そうな顔をしたが、ゆっくりと立ち上がった。

裏手の倉庫に案内される。

直接見たかったのは、カタログには載ってない商品もあるからだ。

無機質な倉庫には、巨大な猟機用の武装がクレーンに吊るされ、弾薬やパーツ製造用のジャンクパーツが無秩序に散らばっていた。

その中で、壁際に立てかけられた金属の板が目に入った。

俺は視界に合わせてそのスペックを確認。すると、思わず口元がほころんだ。

「あれ、いい盾ですね」

各主要砲弾に対する耐弾性能、耐熱数値、避弾経始《ひだんけいし》形状。

さらに耐レーザーコーティングも施されている。俺はひとりで感嘆した。

「最近、大型レーザーライフル〈ＸＥＣＴＯＲ〉の量産品が出回って、初級から中級のプレイヤーによく使われはじめてますよね。安価で高威力、しかも扱いやすい。ランダムトラブルがやや発生しやすいのが難点ですけど。このシールドの形状と素材からするに、それに対抗するために造った試作品、っていう感じですか？」

「へぇ……」

店主は今度こそ驚きの反応を見せた。

対人戦闘ではとくにそうだが、一部のパーツが流行するというのはよく起こることだ。俺が言ったように、扱いやすく高性能なパーツが開発されると、初級者から中級者の多くが好んでそれを使用するようになり、戦場で同じような猟機や武装があふれることがある。大抵そういう場合、すぐにその対抗策となる戦術や兵装が生み出されて、流行はしだいに落ち着いていくのだが。

俺が物欲しそうにそのシールドを眺めていると、

「そいつは高いよ」

店主に釘を刺された。

それはそうだろう。このレベルの兵装を製造するだけで、どれほど貴重なマテリアルやジャンクパーツを費やしているのか、だいたいは想像できた。

やっぱり諦めるしかないか、と思っていたとき、

「……とはいえ、うちに来ていきなりその盾に目をつけるとは、いいセンスしてる。今回だけ、特別に半額でいいよ」

「ほ、ほんとですか？」

俺はまじまじと店主の顔を見た。

通常のショップには決してない一品だ。これがあれば心強い。

「で、でもなんで……」

「なんだかあんた、知り合いにすこし似てる。いや、アバターは全然ちがうんだが……。最近はほとんど顔を見てなくてね。いったいどうしてるんだか」

店主の懐かしそうな表情に、心が揺れる。

「あ、あの……」

「まあそいつはあんたよりだいぶ痛くてナルシストっぽいやつだったけどな！」

と言って、がははと笑った。

「……そ、そうですか－……」

俺は開きかけた口を閉じた。となりでイヨが顔を背《そむ》け、肩を揺らしている。

顔が熱かったが、ともかく、値引きには感謝をするしかない。

しかし、これでほとんど予算を使い切ってしまった。

あとは残りの予算で弾薬でも補充しておこうかと思い、倉庫のなかに視線を巡らしていると、俺の目があるものに留まった。

「それも……買います」

店主は不思議そうにした。

「いいけど、そいつはほとんど消耗品だぞ」

威力も低く、射程も短い。

実戦で活躍する機会はあまりないだろうが、なにかの役に立つかもしれない。

お守りのような気分で、俺は残りの資金でそれを購入した。

◆

◆

自分のドックに戻り、俺は猟機にさらに手を加えた。

一部の装甲をオミットした。その分、防御力は下がるが、重量が軽くなることで機体の移動速度と、手足の可動速度がわずかに上がる。

微々たる影響だが、接近戦をメインにする俺の機体にとって、これは軽視できない要素だった。

「他の武器は？」

「ハンドガンはカスタムしたよ。弾丸は少ないけど、そこそこ威力は出る」

既存の兵装を改造して、性能を上げることも可能だ。

一部の武装は複数の弾薬に対応しており、それによっても性能は変化する。

俺は組み上げた猟機を見上げた。

細身の軽量猟機。かつての俺の愛機に、どことなく似ている。

「そういえば、肝心のチーム契約してなかったね」

コンテナに座って見ていたイヨが言った。

イヨが手元に浮かぶメニュー画面に触れる。すると俺の視界の端に、チーム加入申請のアイコンが点る。承諾ボタンに触れ、正式にイヨがチームに加わった。

「よろしくね、リーダー」

「リーダー？」

「だってそうでしょ。わたしの方が加わったんだから」

「二人だけだけどね……」

本来、チームとしての機能を発揮するには、管制機以外の猟機がもっと必要だ。あの謎の猟機と戦おうとするプレイヤーがいないのは仕方ないが、戦力不足の感は否めなかった。

考え方にもよるが、システム的には、アイゼン・イェーガーは一人で戦うゲームではない。

デュエルマッチを除き、フィールド上では常に敵との戦力が拮抗しているわけではない。

それにひとつの猟機ですべての状況に完璧に対応できるということは、まずない。だから以前のクリスたちのチームのように、それぞれ特性が異なる猟機でチームを組めるのが理想だ。

そしてそれを指揮するオペレータとの連携は、またちがう次元で重要な意味を持つ。

前線で戦うパイロットだからこそ、見えるものがある。

戦況を広く見ているオペレータだからこそ、判断できることがある。

パイロットが指示に従うのも、オペレータが指示を出すのも、互いの信頼関係があってこそ成り立つものだ。

ふと、俺はイヨを、どこまで信頼できるのだろうかと思った。

そしてもしかしたらイヨもまた同じようなことを疑っているのではないだろうかと、とりとめもないことを考えていると、

「信頼するから、信頼して」

まるで俺の内心を読んだかのように、イヨは言った。

「う、うん」

さすがだ。こんな風にはっきりと口に出すところが、伊予森さんらしい。

「それで、どうやって《黒の竜》を見つけるの？」

「襲われるのを待つ、っていうだけじゃ芸がないし、そういうのはわたしのシュミじゃないから。一番、出現報告が多いところに行こうかなって」

「どこ？」

イヨはすこしためらように、その名を口にする。

「……ガリラヤ遺跡」

「ああ、あそこ」

長い砂漠を踏破した先にある、高度文明の資産が残された《遺跡》のひとつだ。

フィールドの入り口からはかなり距離がある。

けっこうな長旅になりそうだった。燃料も弾薬も十分にしておかなければいけない。

それはさておき、なぜかイヨは先ほどから浮かない顔をしていた。

「大丈夫だよ。あそこの敵はそこまで強くないし」

「そういうのじゃ、ないんだけど……」

イヨは口ごもった。

一方、俺は昔その場所に行ったときのことを思い出していた。

「あそこ、わりと好きなフィールドかな……。なんかこう、お化け屋敷っぽいっていうか、びっくり屋敷っていうか、そんな雰囲気で……。あ、それと知ってるかな。あそこの近くに景色のいいところがあって、ゼロ・エリアのひとつがよく見渡せるところなんだけど――」

「シルト、遊びにいくんじゃないからね」

「あ、はい。わかってるけど……」

遊び、ではないのか。

どうもイヨからすると、俺はやはりまだ緊張感に欠けているらしい。

イヨはすこしの間じっと俺を見つめたあと、ぽつりと言った。

「……今度、案内して」

「え？　あ、ああ。うん、ぜひ」

とっさにそう答えたものの、果たして、「今度」はあるのだろうかと俺は考えていた。

＃13

ウエストユーラシア第５０７封鎖区域《ネゲヴ砂漠》

凶暴な日差しが降り注いでいる。

砂塵《さじん》を散らしながら、砂漠の海を二つの猟機が疾駆していた。

今回の俺たちの目的であるフィールド――ガリラヤ遺跡にたどり着くには、転送可能なフィールドの入り口から砂漠を横断しなければならなかった。

どこまでも続く無限の熱砂。

景色が一向に変わらない。レーダーを見ていないと、方向感覚を失ってしまいそうだった。

『わたしたち、勝てるかな』

唐突に、イヨが言った。

イヨの管制機は、俺の右翼側で併走している。

「さあ、どうだろう」

俺自身はまだ、《黒の竜》と呼ばれる例のプレイヤーと直接遭遇していない。

イヨからある程度話は聞いていたが、未確認のことが多く、現状では有効な戦術を立てられるほどの情報はなかった。

だから俺は素直にそう口にしたつもりだったが、それはイヨにとっては相当に気楽に聞こえたらしい。

『こわくないの？　それとも、そんなに勝つ自信があるってこと？』

「どっちでも、ないけど。……ただ」

『ただ？』

昔を思い出しながら、俺は言った。

「戦う前から、負けるつもりはないよ」

デュエルマッチのランキング戦。その上位十人との戦い。

最難関フィールドでの襲撃プレイヤー。

チームバトルで最後に生き残った、同じ決闘機との一対一の勝負。

そのすべてが、どれだけ紙一重の戦いだったか、俺はよく覚えている。

俺はただ、その薄皮一枚を運良く制してこられただけだ。だから驕りもなければ、無駄に恐れるということもない。

ごく普通のことを言ったつもりだったが、イヨはなぜか黙り込んでしまっていた。

『……なんだか、ぜんぜんちがうね』

「な、なにが？」

『べつに』

意味深なつぶやきに不安になる。

ふと、俺は気になっていたことを口にした。

「でも、なんで《黒の竜》は、クリスたちを襲ったのかな」

『え？』

クリスたちは熱心にゲームを進めているようだし、その分レベルが上がるにつれ、襲撃されるリスクはだんだんと高くなってくる。

とはいえ、話を聞く限り、《黒の竜》のプレイヤーはもっと高レベルのはずだ。

『それは、ただ手当たり次第だったんだと思ってたけど。レベルは、だいぶ離れているかもしれないけど、この前のときみたいにわざとレベルを下げることだってできるし』

「そういうことなのかな……」

たしかに、それなら不可能ではない。

だが、パイロットレベルはただの飾りではない。

プレイヤーオリジナルのパーツの開発には一定以上のレベルが必要だし、特定のパーツ――主には武装だ――の使用にはレベルによる制限が付いていることがある。

さらにはメインストーリーのクエストを解放するための条件にもなるし、また敵を倒したときの経験値を上げたり、アイテムのランダムドロップの確率を上げたりといった補助的能力（サイドスキル）の取得に影響したりする。

つまり戦闘そのものへの影響度は甚大ではないが、ゲームを進める上では重要なものだ。

廃人級のトップレベルのチームを倒せるほどの相手が、わざわざレベルを下げてまで、初心者狩りのようなことをするだろうか？

他に考えられるのは、クリスかチームのだれかを狙っていたということ。

なにかあるのだろうか？

あのとき、俺はクリスたちとチームを組んでフィールドに出た。あのときも襲われたが、あれはおそらくあのフィールドでよく待ち伏せをしているプレイヤーだろう。

わからない。

もしかしたら本当に、手当たり次第なのかもしれない。

いや、ひょっとして。もっと単純な理由だとして。

俺《ヽ》が《ヽ》クリスたちと一緒に出たから……？

まさか、さすがにそれは――

『それより、気は抜かないでね。いまのところは敵は見えないけど』

イヨの声で意識を戻す。移動中はプレイヤーの襲撃にも気をつけなければいけないし、ＮＰＣの敵、とくに高速飛行型のガイストには注意が必要だ。

だが管制機のイヨがいれば見落とすことはないだろう。

……と、俺はたかをくくっていた。

前方に広がる砂丘。それがわずかに盛り上がったような気がした。

じっと目をこらした、次の瞬間、
砂が宙に噴き上がった。

『ガイスト！』

砂丘から現れたのは、巨体な蛇のようなシルエット。頭がコブラのごとく膨らみ、多数の砲塔が装備されている。

潜伏機体。

レーダーに映らなかったのは、砂中に潜っていたからだ。

こういうだだっ広いフィールドでは、もっとも警戒すべき存在だ。

頭部の多砲塔は射程が長く威力が高い。障害物もなく足回りも悪いこの砂漠では、一方的に砲撃される危険がある。

『砲撃警戒！　いったん二手に――』

イヨの警告は聞こえていた。

だが俺は速度を緩めず、進路も変えなかった。

スラストペダルを強烈に蹴りつける。

アフターブースト。

猟機の背部スラスターが全面開放され、一気に加速。

視覚の歪みとアバターの操作性の鈍化により再現される擬似的なG感覚は、むしろ心地よいほどに身体になじんだ重さ。コントロール・スティックを保持。さらに速度を上げる。

サイドブースト。

鋭い砲撃が真横の砂地を爆発させる。

コブラ型が地を這い接近。

その速度のまま跳ねた。俺も地面を蹴りつけスラスターで上昇。

空中で機体を制御。

コブラの口内から放たれたレーザーが背部をかすめる。

背面跳びのごとく機体を捻りながらソードを抜く。レーザーエッジを出力。

一閃。

ソードを振り抜きながらバランスをとり、砂地に着地。大量の砂塵が撒《ま》き散らされ、間節部のアブソーバが軋《きし》みを上げる。

遅れて二つに切断されたガイストの機体が、空中から砂丘に落下した。

撃破後、機体を停めてしばらく待っていると、イヨの管制機が追いついてきた。

「まあ問題なく――」

『警告したのに、どうして突っこんでいくの？』

「え？」

イヨの声にはすこし角があった。

「あ、その。また砂の中に隠れられると厄介だから、早く倒すにこしたことはない、かなって、思ったり、しなかったり……」

言いながらだんだん自信がなくなってくる。

だが、やられる前にやる。

シンプルだがそれが最善の安全策だと思うのは、間違っているだろうか？

『……やっぱり、ちがう』

「？」

俺はイヨにすこし怯えながらも、移動を再開した。

その後も三度ほど同じような潜伏機体を退けながら進んでいくと、やがて砂漠の真ん中に山のような影が見えてきた。

「あれだね」

ガリラヤ遺跡。

その全形は、巨大な棺のように先端部がやや広がり、狭まりながら後ろへと長く延びている。

頂上部からは複数の塔のような建物が何本も突き出ており、横に広がる滑走路のような屋根は、翼のようにも見ることができた。

墜落した巨大戦艦と表現されることもあったが、実際にこれがなんのための建造物なのかはゲーム内では明かされていない。

内部には、ここ特有のガイストや貴重なマテリアルが溢れている。

難易度的には中級者向けのフィールドだ。

たぶん、俺の今のパイロットレベルで来るプレイヤーは稀《まれ》だろう。

俺たちの猟機は、大きく破壊された壁から内部へと進入した。

◆

◆

ウエストユーラシア第５３０封鎖区域《ガリラヤ遺跡》

『接近。４時方向』

イヨがすかさず警告する。

「任せて」

敵性反応の正体は、遺跡の壁に埋まっていた猟機のなり損ないのような人型ガイストだ。

動きはそこそこ速いが、武装はたいしたことがない。

俺はブーストダッシュで一気に懐にもぐり込み、赤い一つ目を持つ頭部を斬り飛ばす。

ガイストが力を失ってくずおれる。

ここのガイストは変形して壁に埋め込まれており、ただの背景なのか、襲い掛かってくる敵なのか近づくまで区別がつかないため、油断がならなかった。

慎重に機体を進めていくと、天井が一気に低くなった。

一本だけ通用口らしき道が先へとつながっていたが、猟機が通れるような幅はない。

「セーブ」

俺は猟機の格納コマンドを口にした。猟機の全身が虹色の光に包まれて消える。

イヨも同様にして管制機から降りる。

タラップを降りて、徒歩で通用口へと近づいた。通路は明かりが少なく、先は見えなかった。だが俺の記憶ではここを進めば、次のエリアへと出られるはずだった。

「ここで合ってるはず。行こう」

俺は自信をもって言ったが、なぜかイヨはその場を動かない。

「……？　あの、まちがってないとは思うけど……」

「それは、知ってる」

「あ、うん。そう」

俺はうなずいた。

イヨもうなずいた。

俺たちのあいだに奇妙な沈黙が広がる。

「……なに」

「え？　いや、なにっていうか、はやく行かないのかなって……」

「わかってるってば」

口ではそう言うが、なぜかイヨの足取りはすこぶる重い。

俺が一歩進むと、イヨも一歩進む。

俺が止まると、イヨもすかさず止まる。

俺が動かなければ、イヨは決して一歩たりとも動こうとしなかった。

しだいにその理由に察しがついてきたものの、俺は口にできなかった。まさか、彼女に限ってそんなことがあるとは、にわかには信じられない。

暗い道をゆっくりと進んでいく。

最悪のタイミングで、足元が揺れた。

弾かれたように振り返る。

背後に、三メートルほどの人型の影が立ち上がった。

先ほどのガイストの小型版だが、生身《アバター》からすれば十分に大きい。歪《いびつ》な方向に背筋の曲がった巨体が、ギシギシと間節を鳴らしながらこちらに迫ってくる。

そのとき、俺は月まで届きそうなイヨの悲鳴を聞いた。

敵の出現よりもはるかに驚いた。

そのまま凍りつかれても困るので、俺はとっさにイヨの手を引っ張り、全力で駆け出した。

追いかけてきているあれは対人用のガイストだ。

実はこれがこのフィールドの危険な理由であって、猟機を降りた生身の状態で敵ガイストの攻撃を受けると、即戦闘不能扱いになってしまう。

はじめて来るプレイヤーは、生身の状態で見上げる敵に圧倒され、その隙にやられてしまうことが多い。言ってみればトラップの類であり、なかなか意地の悪いフィールドといえた。

密かに俺は好きなのだが。

「走って！」

道の先に、ぼんやりと明かりが見えた。

出口だ。

しっかりと手を離さないように握り締めて走る。光が大きくなる。一気に駆け抜ける。

開けた空間に飛び出した。

「ロード！」

即座に猟機を転送召喚。同時に俺の身体も猟機の操縦席へと瞬時に移る。先ほどの対人用ガイストを見下ろし、一息に踏み潰した。

ぎりぎりで間に合った。

周りに敵がいないことを確認する。だがなぜかイヨが同じように猟機に搭乗しないので、不思議に思ってふたたび機体を降りてイヨの姿を探した。

イヨは壁際に座り込んで、肩を揺らしていた。

……なるほど。これがイヨがこのフィールドに来たくなかった理由らしい。

果てしなく気まずい思いをしながら、震える背中にそっと声をかける。

「えっと……な、なにも泣かなくても……」

「だ、だれが……！」

すごいにらまれた。だがその目には涙がたまり、頰は赤く染まっている。

その気迫があればプレイヤーだったらまず襲ってこないだろうな、などと思うが、やはり口に出す勇気はなかった。

後ろを振り返る。

競技場の中にいるように、天井は高く、平らな床がどこまでも広がっている。

遺跡のなかにこれだけの空間が広がっているのは壮観だった。

もしこのフィールドで他の猟機と遭遇するのであれば、おそらくここだろう。だがいまのところ周囲にはＮＰＣの敵の影もなかった。

「どうだろう。来るかな、例の……」

「もうすこし、待つ……」

「あ、うん」

俺は言って、イヨのとなりに腰かけた。

しばらく手持ち無沙汰な状態で待っていると、やがてイヨも落ち着きを取り戻した。

「さて、ここまでは順調にたどり着いたわけだけれど」

と、イヨはまるで何事もなかったかのように振る舞った。

「……順調に」

「なにか？」

「いやっ！　べつに、なんでも」

「……ねぇ、シルト」

「！　あの、ほんとに、俺はなにも見てないっていうか、見てないわけじゃないけど、べつに気にしてないし、そういうのもいいんじゃないかと――」

「これが終わっても、このゲーム続ける？」

予想外のイヨの言葉に、俺はその横顔を見た。

それは図書室で見た伊予森さんと同じく、視線はどこか遠くを望んでいる。

「それは……」

俺は、すぐに答えることができない。

クリスやイヨを襲った《黒の竜》と呼ばれるプレイヤー。

それを倒すためだけに、ここに戻ってきた。

だけど、それは俺の本来の目的とは異なるものだ。

リア充になりたいと、そう思っている。

どうしたらそれが達成できるのか、今の俺にはよくわからない。だから、これからのことを聞かれても、俺はまだなにも答えることができなかった。

沈黙する俺をどう察したのか。

イヨは落ち着いた声で言った。

「気にしないで。わたしがシルトの力を借りたいと思ったのは本当だけど、そのあとのことは、シルトの自由だから」

自由。

結局のところ、俺はいつもそれを持て余すことしかできない。高校に入っても、自由に友達をつくるどころか、部活ひとつ満足に選ぶことができないでいる。

「間違いだって、あのとき言ったよね」

「え？」

「アイゼン・イェーガーをやってたこと」

「……うん」

「わたしは、中学のときのシルトを知らない。だから、間違いじゃないなんて、わたしが言うことじゃないけど。でも、きみが後悔してくれたおかげで、わたしはリアルのきみと出会えた」

イヨは、伊予森さんはそう言った。

もし、俺がアイゼン・イェーガーをやめていなかったら。

ゲームのなかで簡単に会えていたなら、伊予森さんもわざわざ俺の素性など調べようと思わなかっただろう。いまのように同じ学校の同じクラスにはなっていたと思うが、互いに気づくことはなかったかもしれない。

「だから、わたしにとっては間違いじゃないよ」

イヨは俺を「説得」したときのように、得意げに微笑んだ。

すごい人だ——と思う。

綺麗で堂々としていて、かっこいい。まるで漫画やアニメの主人公みたいだ。

そんなイヨがこんな風に言ってくれることは嬉しいし、光栄だ。

それでも俺の後悔は消えない。

だけど、ほんのすこしだけ、俺のなかでなにかが変わりはじめているような気がした。

「……どうもです」

「なにそれ。もしかして、照れてる？」

「やっ……そんなことは、べつに……」

「っていうか、照れてくれたほうが、わたしとしては嬉しいんだけど」

「？　それは、どういう……」

なぜだか妙な雰囲気だった。

イヨが座り直し、すこし距離が縮まる。肩が触れそうになる。

いまのイヨの言葉の意味を、どこか霞がかかった鈍い頭で考える。

なんだろう。

まさか、これがいい感じというやつなのか。

馬鹿な。

一気に全身が緊張し、頭が混乱しはじめる。

どうしよう。だめだ。なにか、なにか言わなくては。

――なにも思いつかない！

自分のコミュ力の低さに果てしない無力感を抱く。俺に気の利いたことを言えなど、ペンギンに空を飛べと言ってるようなものだ。

「に、にしても今日は、やっぱりここには現れないかも――」

とまるで逃げるように言いかけたとき、俺はふと気配を感じて後ろを振り返った。

「シルト……？」

立ち上がり、暗闇に目をこらす。

やがてその中から、二つの人影がぼんやりと浮かび上がってきた。

砂漠仕様の防砂マントを羽織った二人の男だった。

クエストの攻略組のプレイヤーだろうか？

だが、どこか様子がおかしかった。

「見つけたぞ」

男たちはイヨをにらみつけながら、そう言った。

「あの人たち……」

「知り合い？」

それにしては、イヨの表情は厳しかった。

「……まさか、尾《っ》けてきたの」

「だったらなんだよ」

イヨの険しい視線に対し、男たちも荒々しい気配をまとっている。

尾けてきた？　それは、彼らがイヨを検索して現在位置を特定し、追ってきたということだろうか。しかし見通しのいい砂漠エリアなどで俺たちが気づかなかったことを考えると、わざわざ探知圏内のぎりぎり外から尾行してきた、ということかもしれない。

わざわざこの閉鎖された遺跡内部で姿を現した理由——

嫌な予感がした。

「はっ、なにが《白眉猟兵団》のオペレータだよ。ちょっと有名だからって、あっさり俺たちを見捨てやがって」

男の一人が言った。

対してイヨは一度目をそらしたが、やがて強気に言い返す。

「なによ。あなたたちが、わたしの指揮に素直に従わないからでしょ」

「なんだと？　傭兵《ようへい》のくせに、よくそんな偉そうなことが言えるな」

どうやら以前のチームメンバーらしい。

といってもイヨは傭兵のようだから、固定のフレンド、というわけでもないだろう。

《傭兵》はその言葉の意味の通り、雇われのプレイヤーだ。

クエストへの出撃やチームバトルを行う際に、一回ごとに契約金をもらって依頼主のいるチームに加入する。遠征で人手を増やしたいときや、規定のチームメンバーが不在のときの数合わせなど、傭兵の活躍する場面は広い。

だがいってしまえば、その一度きりの関係でもある。

通常のチームのように互いのことをよく知り合う必要もない。それはときに余計な対人トラブルを回避してくれるが、あるときには原因にもなる。

「だから、ちゃんと後金はもらってないでしょ」

「そういう問題じゃねーんだよ。せっかくの公式戦で恥かかせやがって」

男がイヨに詰め寄る。危険な雰囲気。

こんなときに――

片方の男が、ようやく気づいたように俺を見た。

「あんたもこの女とつるむなら、気をつけたほうがいいぞ。仲間を平気で裏切るやつだからな」

軽薄な物言いに、肌がちりちりとざわつく。

この感情がなんなのか判然としなかったが、不快なことは確実だった。

「どうせリアルでもまともな女じゃねーんだろうな」

「………うちのチームメイトを、悪く言わないで、もらえますか」

気づいたときには、それが震える言葉となって出ていた。

男たちの敵意が一気にこちらへと集まる。

「なに……？」

一瞬、自分の発言を後悔しそうになりながらも、俺はイヨに言った。

「イヨ、ここは任せて」

「でも……」

「大丈夫だから」

この状況では管制機に搭乗しているイヨがいても仕方がない。

俺はダイレクトチャットで、彼女にどこか安全な場所に隠れているようにお願いした。

「なにこれ。オレら悪者？」

「おい待てよ！」

立ち去ろうとするイヨを追おうとした男の前に、俺は立ちふさがった。

初期アバターのままの俺を見て、男がにやける。

「なんだおまえ？　ビギナーじゃねえか」

俺のプロフィールを閲覧したのだろう。

パイロットレベルは低く、無名なプレイヤー。強さを推量する材料はなにもない。

「俺らに勝てるわけねーだろ。ぶっ潰すぞ」

タイミング次第では、ゲームシステム上、俺が彼らに戦いを仕掛けたことになるかもしれない。

ＰＫは趣味ではなかったが、こうするほかに彼らを止める方法はない。

「なら、やってみれば」

そう口にした。

途端、二人の男の顔つきが変わる。

獰猛《どうもう》な目つき。そこには少なからず対人戦闘の、そして勝利の経験のある者特有の自信が垣間見えた。

もう後戻りはできない。

広場に深い静寂が横たわり、緊張が満ち満ちる。

俺と男たちは互いを見合った。

まるで西部劇で銃を抜くガンマンのように、タイミングを計る。最初にどう出るか、そこからどう攻撃に転じるか、頭のなかでシミュレーションを組み立てながら。

高まる緊迫感が、臨界を迎える。

全員が同時に叫んだ。

「「ロードッ！」」

光の中から三体の巨人が降り立つ。

操縦席の俺は猟機のメインカメラが捉えた視界に包まれる。眼前に敵機が迫る。左右のメインスティックを握り機体を動かす。

金属同士がぶつかり合う悲鳴。

目の前の敵猟機と両手で組み合う。

重い。向こうの方が馬力は上だ。単純な力比べでは分が悪い。

背後にもう一機。

サイドスラスターに点火。

地面を滑りながら旋回。敵機を振り払う。

そのまま間合いを空けた。

『意外と動けるじゃねえか』

腰部にマウントされたソードを抜き、背負っていたシールドを構えた。

敵猟機が砲口を向ける。

サイドからバック、またサイドとスラスターを小刻みに吹かす。急速離脱。

直後、砲弾が炸裂。

眼前を猛烈な炎と煙が覆いつくし、薄暗い遺跡内部を赤く照らし出す。

ハンド・グレネードランチャー。射程距離は短いが、威力は絶大だ。俺の猟機では直撃したらひとたまりもない。

息つく間もなく煙を切り裂き銃弾が降り注ぐ。

アサルトライフルのフルオート射撃。もう一機が死角から襲来。

俺はシールドを構えたまま後退し、柱の陰へと身を隠した。

『はっ、そんな機体で勝てるかよッ！』

向こうは煽《あお》るためかボイスチャットをオープンにしている。

切ることもできたが、あえてそのままにした。

短距離モードのレーダーマップ上を、二つの敵性目標が挟み込むように移動してくる。左に一度短くブーストし、すぐに右側へと躍り出る。案の定、柱から飛び出すと同時に左側に着弾。衝撃が大気を重く揺らす。

敵の武装はアサルトライフルに、レーザーアックス。

もう一機はハンド・グレネードランチャーに、背中になにかを背負っている。おそらく近接兵装の類。

俺は二機がなるべく直前上に配置されるように回避移動を繰り返す。それだけで相手は効果的な連携が取りづらくなる。

一方、イヨが心配だった。

管制機は武装がないので単独では戦えないし、それ以前にさきほどの様子だと、猟機を呼び出せるのかも危うかった。あまり悠長に戦っている余裕はない。

仕方がない。

敵のライフル弾は照準も甘く距離があるため、すべてシールドで防御できていた。

だが俺は、構えていたシールドの角度をあえて変更。隙をつくる。

直後、衝撃が猟機を揺らした。

「うっ……！」

被弾警報。耳障りな警告音とメッセージ表示。

左腕部に被弾。思った以上に損傷が大きく出た。装甲を薄くしたのが仇《あだ》となった。

シールドに次々と着弾。振動が機体を激しく揺らす。俺はあたかも圧倒されるように、じりじりと後退。

『そのまま押さえつけてろ！』

もう一機の男が吼《ほ》え、猟機が加速する。単機での突貫。

敵機が近接用のパイル・ハンマーを抜いた。

炸薬《さくやく》により巨大な杭を打ち込む、単純だがきわめて破壊力の高い武装だ。

ゆっくりと息を吐く。

敵機がハンマーを振りかぶる。

「迂闊《うかつ》だよ」

猟機の立ち位置を調整しながら、シールドを振るった。

ただ受けるのではなく、逸らし――返す。

頭のなかに、最適な線が描かれていた。それに沿って弧を描くようにシールドをひるがえし、押し込むように弾き返す。

ハンマーに重心を持っていかれ、敵機の体勢が後ろに流れる。

がら空きの胴体。

ソードを突き出す。

刀身から迸《ほとばし》る青白い凝縮レーザーが敵機の胸部を貫通。

左のモーション・スティックを倒しペダルを浅く踏み込む。サイドスラスターで旋回。強引に横から引き抜く。胸部から切断された機体が、俺の背後で崩れ落ちる。

一機撃破。

『なんだ、いまの――』

男の呆然とした声が聞こえた。

シールド越しに、残った敵機を視認する。

敵の動きに迷いを感じた。

なにが起こったのか、正確に理解していないのかもしれない。

『こいつ、盾までマニュアルで……？』

対人戦闘において、ソードやハンマーといった近接兵装は、マニュアルで動かすことが理想として求められる。

だが一方で、シールドやその他の防御用兵装は、上級者でもオートで扱う場合が多い。

攻撃を防ぐことがシールドの一番の役目だ。そこに細かなマニュアルの操作は必要ないし、そもそもハンドガンであってもライフルであっても、弾丸の類は撃たれてから構えて防げるものではない。オートで構えておいて機体の一部側面を保護し、なるべくそれを活かせるように立ち回る、というのがシールドの一般的な使い方だ。

だが、それだけでは勝てなかった。

防御の一瞬を利用し、攻撃の機会へと変える。そうでもしなければ相手にかすり傷ひとつ与えられず、次の瞬間には自分が鉄塊になっている。

そういう世界だった。

そういう戦場のなかで、必然的に身に付けたものだった。

ただ生き残るために。ただ勝つために。

ブースト・マニューバで敵機の側面に入り込む。

男のうわずった声と同時に、アサルトライフルのフルオート射撃が襲い掛かる。

ジグザグに接近。側面から旋回して地面を滑り、回転しながら背面に潜り込む。旋回の勢いのままスラスターの推力を加えてシールドを突き出す。

『うぉあっ!?』

打撃《バッシュ》により敵機の体勢が大きく崩れる。

「シールドにはこういう使い方もあるから」

再び旋回。駒のように一回転しながらソードを振り抜く。

アサルトライフルごと左腕を切断。同時に離脱。

『嘘だ、なんでこんなチャチな猟機に――』

機体の性能はたしかに重要だ。

だがそれだけでは勝てないのが、このアイゼン・イェーガーだ。

片腕のみとなった敵猟機が、レーザーアックスを構える。

だが敵機は近づいてこない。不審に思った直後、

『左肩！　ＩＭＭ警戒！』

どこかで戦いを見ていたのか、イヨの声が耳朶《じだ》を打つ。

直後、敵機の肩の装甲が開放。

そこから超小型のミサイルが発射された。

インサイド《I》・マイクロ《M》ミサイル《M》。隠し武装。

バックブースト。緊急後退。乱数的な回避運動をとるが、追尾能力が高いミサイルは食らいついてくる。ミサイルが再加速。

俺はソードからハンドガンに持ち替えた。

めまぐるしく流れる視界のなかで、ミサイルに照準を合わせる。

発砲。

空中で弾頭が炸裂。

シールドで爆風を防ぎながら、止めていた息をようやく吐いた。

危なかった。反応がわずかに遅れていれば、避け切れなかったかもしれない。

爆発の煙が広がるなか、俺は接近を感知していた。

煙幕に乗じた突進。

再びレーザーソードを構える。

黒煙の中から、レーザーアックスを振りかぶった敵機が飛び出した。

短くブースト。

敵機と交差。

次の瞬間、敵のアックスが宙を飛び、壁面に突き刺さった。

巨人がひざをつく。

振り抜いた俺のソードは、敵機の腕を肘で切断し、そのまま頭部へとめり込んでいた。

敵機がゆっくりと前のめりに倒れ、広場にけたたましい音を響かせた。

大破した男たちの猟機が、自動的にドックへと転送されていく。

残された愕然《がくぜん》とした表情の二人を、俺は猟機に乗ったまま見下ろした。

「行って」

『く、くそっ……！』

男たちは俺を親の仇のごとくにらみ上げ、広場から走り去っていった。

◆

◆

道をすこし戻ると、イヨが管制機を降りて待っていた。

無事な様子を見て一安心する。

俺が戦闘中の助言を感謝してから事情を聞くと、

「あいつら、前に一度だけ雇われてチームバトルに出たことがあったの」

イヨはやや意気消沈しながら答えた。

「わたしの指示に従えば勝てるって言ったのに、ぜんぜん言うこと聞いてくれなくて……。それで頭に来て、途中で指示出すのやめちゃった。そのときの仕返しみたい」

「わざわざそれで？　えっと……なにか、言ったの？　お、怒らせるようなこととか」

「べつに。ただ、あなたの腕じゃ勝てないから正面勝負は控えて、とか。身の程をわきまえなさい、くらいは言ったかも」

「わぁー……」

なんとなく、どういう状況だったのか想像できた。

たぶん戦闘指揮としては正しかったのだろう。だがいきなり他人に自分の力量を見抜かれてずばりと言われれば、頭に血が上るのもわかるような気がする。

「迷惑かけてごめんなさい。機体もダメージ受けて」

イヨはしおらしく頭を下げた。

「い、いいよ、べつに。猟機も、たいした損傷じゃないし」

それにしても、最近はフィールドに出る度にプレイヤーと戦闘になっている気がする。

だんだん自分が厄病神なのではないかという気がしてきた。

「それより、これだけ騒いでもなにもないってことは、やっぱりここには現れないのかも……」

そう言ったとき、俺はだれかからメッセージが届いていたことに気づいた。

だれだろうと思いながら開封すると、

：　**Dプラント**
内容はそれだけだった。

しかも差出人の名前は、『－－－』となっている。

「なんだ、これ……」

送り主のプロフィールを閲覧しようと、その名前に触れる。

だが情報は表示されない。

もう一度触れるが、なぜか反応がなかった。

バグ、だろうか？

「どうしたの？」

「なんか、知らない人から、メッセージが入ってた。Dプラントって、それだけしか……」

「なにそれ？」

メッセージを指で反転させ、イヨに見せた。

イヨも困惑しながら、やがてその意図を察したのかこう言った。

「……じゃあ、行ってみる？」

◆

◆

ガリラヤ遺跡からさらに数十キロほど北上すると、山のふもとにエネルギープラントの跡地が広がっている。

通称、デプス《D》・プラント。

巨大なタンクや工場はすべて崩壊し、瓦礫《がれき》と化している。

最初から、ここはこういった廃墟が延々と広がるフィールドとなっていた。

だが猟機で近づいた俺たちは、思わず立ち尽くしてしまった。

地面に大穴が開いていた。

いや、ただの穴ではない。

穴の内部には金属質の壁と、ぼんやりとした照明が見える。つまり、ただのグラフィック上の欠損ではない。だがまったく底が見えない。それほどに深い縦穴だった。

『ここって、今はこんな風になってたんだね。知らなかった』

俺はじっとその穴を見つめていたが、

「……いや、こんな場所は、なかったよ」

勘違いではない。

来たのは一度や二度ではない。少しブランクがあるとはいえ、はっきりと覚えている。

ここには崩壊した施設跡地が広がっているだけだったはずだ。

『どういうこと？　いつの間にかフィールドの構成が更新されたってこと？』

それも奇妙な話だった。

アップデートでフィールドが拡張されたのなら、公式の告知があるはずだ。その奥に新たな敵が追加されたり入手アイテムが設置されたりなど、なにかしら意味があって行われるものだ。どこまでも続く深淵《しんえん》。

ダウンフォール、という言葉がふいに頭をよぎった。

『これって、落ちたら上がってこられるかな』

この深さでは、猟機のスラスターでは上がってくることはできないかもしれない。もっとも、そのときは転送して街に戻るしかないだろう。

この先になにがあるのか。

どちらかというと、期待よりも不安が先に立った。

「あの、こっからは、俺ひとりでも……」

『だめ』

イヨは即答した。管制機の頭部がこちらを向く。

『今度は、わたしにシルトを守らせて』

その言葉に俺は呆気にとられる。

やはり、彼女のほうが物語の主人公に向いている。すくなくとも俺よりは。

俺たちは慎重に、見知らぬ縦穴を降りはじめた。

15

ウエストユーラシア第＊＊＊封鎖区域《デプス・プラ＃％И？Ε＊》

穴の内壁に一定間隔で配置された明かりがわずかな頼りだった。スラスターの推力を調整しながら、ゆっくりと降下していく。

途中、ガイストが現れるような気配はなかった。

『わたし、こんなマップ見たことない』

イヨの言葉に、俺も同感だった。

奇妙な感じがする。

まるで、ここだけがアイゼン・イェーガーの世界観からかけ離れているような――

すでに猟機の高度計は振り切れている。現実なら気圧の差で耳がおかしくなっていただろう。

やがて、俺たちはようやく穴の底へと辿り着いた。

正面に大きな扉があった。近づくと扉がスライドし、開放される。

目の前に、金属質の壁と真っ白な照明に照らされた明るい回廊がまっすぐに延びていた。

ひたすらに長く無機質な道を、俺たちの二機が進んでいく。

「！　と、止まって」

とっさに俺はイヨに叫んだ。

コントロール・スティックを戻して急停止する。

『どうしたの？』

全天周モニターに目をこらすと、すこし先の地面にぽつりと立つ人影があった。あやうくそのまま轢《ひ》いてしまうところだった。

シンプルな白い服を着た少女だった。

まさかほかのプレイヤーがいると思っていなかった俺は、困惑と安堵がない交ぜになりながら聞いた。

「あの……す、すみません。このフィールドって、いつから……」

『だめ』

「え？」

不思議な響き方をする声がした。

少女は薄く唇を開いたまま、どこか一点を見つめて、言った。

『あなたは、この先に進んでは、だめ』

少女の口にする言葉の意味が、すぐには理解できない。

だめとは、どういう意味だろうか。

『あなたはいずれ、これを後悔することになる』

「あの、どういう……」

少女を見つめながら、俺は強烈な違和感に襲われていた。

『あな――――』

少女の声が一気に小さくなり、途端に聞こえなくなる。

まるで人の手によってボリュームを絞られたような、突然の変化だった。

『シルト、どうしたの？　なんで止まってるの？』

「イヨ、この人が……」

俺は一瞬イヨの猟機を見て、もう一度前方に目を向けると、すでに少女の姿がなかった。

慌てて周囲を見渡す。だがどこにも少女はいない。いまの一瞬のうちに、ここから転送してしまったのだろうか？

『ねぇ、シルト。いま、だれと話してたの？』

イヨは不審そうに口にした。

「いま、ここに人が……」

『……ほんとに？』

イヨは見ていないようだった。

そのとき、俺はようやく違和感の正体に気づいた。

あのアバター、動いていなかった。

アイゼン・イェーガー内のアバターなら、プレイヤーでもＮＰＣでもデフォルトで表現されているまばたきや微妙な身体の揺らぎが、一切なかった。まるで一枚の画像のように。

沈黙する俺を、イヨが不安そうに見つめていた。

「……とにかく、行こう」

俺は不気味さを振り払うように言った。

さらに回廊を進んでいくと、やがて開けた場所に出た。

「なんだ、ここ……」

圧倒され、思わず声に出てしまう。

先ほどのガリラヤ遺跡の内部よりも、さらに広大だ。

しかし強い違和感を覚えるのは、天井も床も壁も、すべてが白く半透明な素材に包まれていることだった。遺跡のような退廃した雰囲気はまるでない。

やはり、アイゼン・イェーガーの世界観に合っていない気がした。

『やっぱり、なんかこれおかしくない？　バグとかじゃ……』

イヨの声にもかすかな不安がにじんでいる。

胸がざわつく。

ひどく落ち着かない。だが俺は根拠もなく、はっきりと確信していることがあった。

あのメッセージの送り主は、ここにいる――

そのとき視界の奥で、なにかが動いた。

◆　　◆

清潔な白に覆われたドーム状の空間。

その中央に、一機の黒い猟機がいた。

近づくにつれ、シルエットが鮮明に浮かび上がってくる。

『あいつ……』

イヨの声は、かつて見せたことのない緊張でこわばっていた。

メインカメラの光学ズーム。黒い猟機の姿をモニターに拡大して映し出す。

その肩口にあるのは、大きな翼と爪を持つ竜が描かれたエンブレムだった。

間違いない。

「あれが――《黒の竜》」

大きい。

まずそう思った。その機体は、重量猟機の中でも大型のフレームで構成されている。

かなりのカスタム機だ。元のパーツが何なのか、一見して判別がつかない。

俺はその姿をできるだけ目に焼き付けようとした。なぜなら、クリスのときのように、本来はプレイ記録として自動的に保存されるはずの映像が残らない可能性があった。

「……あなたは、誰、ですか」

試しに、直球で俺は聞いてみた。

返答は、ない。

いや、

『――』

なにかが耳をざわつかせた。

ボイスチャット。

向こうも回線を開いているのだ。

耳をすます。

『――、――』

だが耳に刺さるのは雑音だけだった。ノイズがひどく、聞き取れない。

『――、――。――。――』

なんだ。なんと言っている？

もどかしさに耳に神経を集中する。せめてなにか、手がかりになるようなことだけでも、と必死に耳を澄ましていたとき。

突然、一切のノイズが消えた。

『おまえの力を証明してみせろ。盾使い』


敵機が加速。

次の瞬間、黒い影が視界を覆った。

右に飛んだ。

サイドスラスターで急加速した真横を、敵機が飛翔。

強烈な衝撃波が機体を揺るがす。

激しい振動に耐えながら機体の姿勢を保持する。索敵。近距離レーダー上を敵性目標がすさまじい速度で移動している。

速すぎる。

通常のブースト・マニューバが、アフターブースト並みの速度だ。

さきほどの交差の一瞬。

その理由を俺の目が捉えていた。

背部のハードポイントに大型のスラスターを増設している。

火力を犠牲にして機動力を上げている。だがあの図体でここまで速度を出すとなると、燃料の消費もすさまじいはずだ。長い時間は駆動できない。

決戦仕様。

猟機を破壊するためだけの機体。

肌がちりちりと痛むような敵意を感じた。

しかも、いまの言葉。

まるで俺のことを知っているような――

9時方向。

後方に回り込む敵機をぎりぎりで視界に収める。旋回が追いつかない。

この巨体でこの機動性。

次元がちがう。まるで、こいつだけちがうゲームから飛び出してきたような感覚すら生じる。

バックブーストで後退し距離と視野を維持。

視界の端で黒い猟機が、携行する武装を振り向けた。

衝撃。

機体が激しく揺さぶられる。

シールドに着弾。

機体の耐久ゲージを確認。貫通はしていない。だが初撃で命中とは。

『敵の武装はオートライフル、ロングレーザーソード。それ以外はない』

イヨが管制機で収集した情報を伝えてくれる。

さきほどの威力からして、武装自体が規格外というわけではない。

再び機体に衝撃が走る。またシールドに被弾。

一撃一撃が重い。

ライフル自体の威力ではない。

すさまじく精確な照準によるもの。感じる圧力が尋常じゃない。

左右に回避運動をとりながら、シールドの角度をこまめに調整。可能な限り衝撃を軽減しなければ危険だ。攻撃を受け続ければ、シールドもいずれは破損してしまう。

最後まで持ちこたえられるか。

レーダーマップ上の敵機の挙動が変わる。今度は直線的な機動。来る。

正面から高速接近。

敵機がソードを抜く。刀身から青白い刃が発生。

こちらも出力最大で構える。切断面を設定。トリガーを引く。

斜め下からソードを振った。

ソード同士が激突。

灼熱のレーザーエッジが干渉し、激しく明滅する。

スラスターを全開に。推力を乗せて押し込む。

敵機の増設スラスターから大きな噴射炎が噴き出した。

足が地面を滑る。

押し切られる！

サイドブースト。

力を流してソードを弾く。一旦離脱。

間髪を容《い》れず敵のライフルの追撃。

ずらしたシールドに命中。殺しきれない衝撃に姿勢が狂う。機体の荷重を傾けてバランス制御。

立て直しながら距離を取る。

向こうも近接戦闘型か。

だとすると余計に響いてくる――と俺は頭の隅で考えていた。

黒い猟機はためらいなく距離を詰めてくる。壁際まで後退。追い詰められる。

スラスターで垂直に上昇。壁を蹴りつけて敵機の頭上を飛び越す。

振り向いたとき敵機の姿は足元に、ない。

同高度。

真横に黒い影が飛行している。すでにライフルの銃口がこちらに向けられ、俺のシールドもまたその方向へ向いていた。

相手は無駄弾《だま》を撃たなかった。にらみ合ったまま同時に着地。どちらも停滞なく、左右へ分かれる。

立体的で複雑な動き。その応酬。

互いの姿を視界に収めている時間の方が少ない。それ以外は頭のなかに作り出した相手のリアルタイムのイメージを基準に、より有利な位置を奪い合う。

一切の余裕がなかった。

相手の操縦スキルは相当なものだ。しかもこちらにはマイナス要因がある。

敵機が旋回しながらジグザグに移動。背後をとられる。

振り向く愚は犯さない。その余裕もない。右から左。フェイントをかけてスラスターで跳ぶ。ライフルの弾丸が右腕部をかすめる。

完全によけたつもりだった。だが危うい。

「やっぱり、前の機体とはちがうか……！」

反応が遅い。

操作に機体が追従してこない。

一番はフレームパーツの影響だ。

以前に乗っていたのは、近接戦闘用に軽量化・強化され、最適にバランス調整された猟機だ。それでも大抵の状況なら、この猟機で十分に戦える自信はある。

だがこのレベルの相手と対峙した状況で、それは看過できない影響を及ぼしてくる。

再度接近。

黒い猟機も交差コースに入る。

やる気だ。ならばこちらも応えるまで。

ライフルの弾丸をかいくぐって加速。

敵機がソードを引いて迫る。

左右のメインスティックのモードを切り替え、ソードとシールドを同時にマニュアル操作。

シールドの捌《さば》きと切断面を入力。

一手目、横薙ぎ。敵の下向きのソードに防がれる。

二手目、刀身を返し右上からの袈裟斬り。振り切る前に払われる。

三手目、反撃をシールドで受け流しながらその場で一八〇度旋回、横から斬り払う。

敵機が肩をぶつける。

視界が上下に揺さぶられる。腕が振り切れない。

四手目。敵の振り下ろしをシールドで弾き返し、一歩後退。同時に低い位置からの刺突《しとつ》。

敵機が半身をずらす。ソードが虚空を貫く。

ぞっとする。

まさか。

五手目――

真上からの強烈な一撃。

バックブースト。だが胸部装甲が切断。

スラスター全開で後退。敵機のライフルに注意しながら距離をとる。

愕然とした。度肝を抜かれた。

ほんのわずかな差。

だが読み負けた。

四手。こちらの攻撃をすべて防がれた。さらにその後の一撃。俺はかわし切れなかった。

ここまでの奴と斬り合ったのは、初めてかもしれない。

めまぐるしく動き回りながら、俺は次の攻撃に躊躇《ちゅうちょ》していた。

迂闊な接近は死を招く。

だがそれでも懐に飛び込むしかない。そうだ。それが俺の、俺の猟機の戦い方だ。

背部スラスター開放。

アフターブースト。

猟機が一気に前方へと押し出される。

シールド越しに黒い猟機を視認。

ライフルの射線を外す。さらに加速。

今度は外さない。

接近の直前で姿勢を低く伏せ、シールドで長身のライフルを突き上げる。

敵機のバランスが崩れる。

もらった。

ソードを振り下ろす。

敵機のソードが防御に差し込まれる。

レーザーエッジが激しく干渉。

だがこの姿勢なら押し切れる。

強引にモーション・スティックに力を込めたとき、ふいに妙な受け方だという違和感が、脳裏をよぎった。

こんな受け方を、俺ならしない。ただ敵の攻撃を防ぐためなら。

敵機がソードをずらした。

剣先が流れる。

そのまま半円を描くように回され、一気に弾かれる。

重量と慣性により、レーザーソードを握った右腕ごと機体が後ろに流される。

胴体ががら空きに。

後ろに倒れこみながら、かろうじて横からシールドを突き出す。敵機の腕部に直撃。軌道がずれたレーザーの白刃が頭部をかすめる。

もう一撃が来る。

とっさに構えたシールドの端を敵のソードが切断。

サイドブースト。必死で横に逃げる。

こいつ――

寒気が全身を駆け巡っていた。

敵機の近接攻撃を受け流し、あるいは弾き返し、決定的な隙を作り出す。

さきほどの俺と同じことをやってみせた。しかもシールドではなく、武装で。

もし敵機が二刀流だったら。もし左手にオートライフルではなく短銃身《ソードオフ》のショットガンを持っていたら。

俺はいまやられていた。

自分が一番自信があったものを凌駕《りょうが》された。

無慈悲なその事実が、貴重な思考のスペースを埋めていく。

『シルト、動きが悪くなってる。焦らないで』

イヨの落ち着いた声に諭される。

わかっている。

俺は敵の攻撃をかわし切れていない。

次。どう出る。どう来る。どう対応する。

頭の中で戦術を組み立てる。

だが行き詰まる。

何度やっても、突破する方法が、敵を上回る戦い方が思い描けない。

やがて、俺はあることに気づきはじめていた。

距離を維持したまま回避機動を繰り返す。

猛烈な射撃に押し込まれる。

近づけない。こちらからの接近すら許さないということか。敵に行動のすべてを支配される感覚が、俺の士気を蝕んでいく。

ああ、そうか――

信じられなかったわけではない。

うぬぼれていたわけではない。

それでも大きな驚きと、動揺があったことは事実だった。これまでの俺の経験が、俺自身に冷酷な結論を告げていた。


俺は、こいつに勝てない――

場数をこなしていくほど、わかるようになってくる。

戦力差。自分と相手の操縦技能の差。戦いの流れ。

勝った数より、負けた数の方が何倍も多い。だからわかる。

勝てるという読みは外れることもある。だが負けるという予感は、大抵当たるものだった。

同時にここまで劣勢になりながらも、俺のなかにはひとつの違和感があった。

まだ、なにかある。

イヨのチームがやられたという話。確かに《黒の竜》は尋常ではない強さだ。だがしかるべき戦力と優秀なオペレータが集まれば、倒せるのではないか。

黒い猟機にすさまじい速度で抜き去られる。

レーダーで確認。

だが見失う。

どこに。

まったく予想外の位置に、敵機がいた。

まずい——

オートライフルの弾丸が大腿部の装甲を吹き飛ばす。

位置の読みが甘かった——？

遅れをとっている。ついていけない。

だめだ。集中しろ。

「なんだ……」
なにかが、おかしい。
自分の集中力が落ちたせいかと思った。だがちがう。
敵機がさらに速くなっている。
馬鹿な。
これ以上、どうやって？
プレイヤーの気合いで猟機の速度が上がるわけではない。
なら、どうして。
正体のわからないもの、未知に対する不安が、平常心をかき乱す。
『待って。レーダーをよく見て』
そこにイヨの声が差し込む。
それは暗闇に差し込んだ一筋の光。福音《ふくいん》の声だった。
レーダーに注目。
結論を直感する。
おそらくいま、イヨと俺は同じことを考えている。
『レーダーに映ってない！』
急速旋回。

背後で黒い猟機がレーザーソードを振りかぶった。

#16

間に合ったことが奇跡——そう評しても過言でない極限のタイミングで、俺は敵機のソードを弾き返した。

「これかっ……！」

ようやく理解した。

ほんのわずかな時間、レーダーから消えていた敵影。

スペック以上のものを体感する敵機の速さ。

これだけの機動性をもつ相手だ。肉眼で追いきれない場合、対峙しているプレイヤーはどうするだろうか。

断言してもいいほど、近距離レーダーをあてにする。

だがほんの一瞬でも、レーダーから敵機の姿が消えたらどうなるか。

パイロットはずっとレーダーを見ているわけではない。反応が遅れる。一瞬は一瞬でなくなる。

致命的な隙が生まれる。

『アクティブ・ステルスを使ってる……！』

発動の数秒間、一時的にレーダーから自機の姿を消す補助兵装だ。その効果時間や使用可能回数などでいくつか種類はあるが、おそらく最も短時間だが強力なもの。

そういうことか。

アクティブ・ステルスは、目的としては防御用の兵装だ。フィールド攻略中にプレイヤーに襲撃された際など、離脱判定までの距離をかせぐために起動させて追撃をまく、などの使い方が一般的だ。

だがこいつはちがう。

敵を倒すためだけにステルスを使用している。

俺がシールドを、攻めるために使うように。

自分の動悸が速くなっているのがわかった。

落ち着け——

姿そのものが消えているわけではない。

レーダーを頼るな。

敵機の位置を想像しろ。難しいことではない。三次元戦闘に慣れたプレイヤーなら、だれしも無意識のうちにやっていることだ。

黒い猟機が頭上を飛び越す。地面を滑りながら急速旋回。敵機と向き合う。ライフル弾がシールドを直撃。すでにシールドの耐久値が限界に近い。

指先が、手が、足が、震える。

一つでも、一瞬でも間違えば、やられる。

ライフル弾が首元をかすめる。

被弾率が目に見えて高くなっている。

俺の猟機はすでに無残な有様だった。無傷な部分はほとんどない。ぎりぎりで致命傷になっていないだけだ。

このままでは、ジリ貧だ。

その前に仕留めるしかない。

敵機の眼前に踏み込む。

敵機がライフルで照準。シールドの位置を調整し——

弾丸が左肩に直撃。

装甲が砕ける。

「!?」

オーバーレイ表示のエラーメッセージが目に飛び込む。フレームパーツにランダムトラブル発生。左腕のパフォーマンス低下の警告。なぜ。こんなときに。

あのときだ。

さきほどの戦闘で、敵を引き付けるためわざと攻撃を受けたときの影響。

シールドの動きが遅れる。接近を諦めて再び離れる。ライフル弾の猛追。

左腕の機能低下によりシールド越しの衝撃が増し、機体のバランスが大きく狂う。必死に機体を立て直す。

心臓の鼓動がはっきりと聞こえた。

負ける。

このままでは、俺は負ける。

力で否定される。

抗いようのない結末に突き落とされる。

どれだけ戦っても、この感覚に慣れることは、平気になることはない。

焦りが、恐れが、動きを鈍らせる。

やられたくない。負けたくない。

だけど――

ブースト・マニューバの速度が低下する。

まずい。

スラスターを使いすぎた。過剰加熱による機能低下。継続噴射が持たない。

黒い影が瞬く間に迫る。

死神がソードを振りかぶる。

致命の太刀筋。

その瞬間、視界の端になにかが映り込んだ。


青と白の塊が真横から飛来。

黒い猟機と激突。

イヨの管制機だった。

黒い猟機は、ライフルを持った腕で防御姿勢をとり、それを受け止めていた。激突の勢いのまま地面を滑り、停止する。

黒い猟機が、怒りを表すかのようにソードを引いた。

「イヨっ！」

レーザーソードが、管制機の胴体を両断した。

機体が真っ二つに引き裂かれ、破片が辺りに撒き散らされる。

上半身が地面に激突。レーダードームが粉々に砕ける。

目の前で起きていることが、信じられなかった。

どうして。

なぜこんな無茶を。

管制機が戦火のど真ん中に飛び込んでくるなんて。

色鮮やかな機体は見る影もなかった。

はっとし、チームメンバーのステータス、つまりイヨの管制機の表示を見る。耐久ゲージはゼロになっていた。

撃破認定。

「なんで……」

破壊されたイヨの猟機の残骸が虹色の光に包まれ、大破した機体がドックに強制転送される。

残されたのは、生身のイヨだった。衝撃の混乱から立ち直り、俺の猟機を見上げた。

俺はなにも言えず、堂々と立つその姿を見た。

その唇が、ゆっくりと言葉を紡いだ。

『シルトなら、きっと勝てる』

穏やかな声。

それは、俺の全身を縛っていた重い鎖を、あっさりと解いた。

震えが止まった。

漆黒の猟機に向き直る。

敵はまるで俺を挑発するかのように、停止してこちらを待っている。

わかった。

俺はあいつに追いつけていない。

このスペックの機体で、あの黒い猟機の速度を上回ることは難しい。

それでも諦めるわけにはいかない。

左右のスティックを握り直す。必要なのは負けないための予防策ではない。勝つための、その可能性を摑むための方法。

恐れるな。

覚悟を決めろ。

その先にこそ求めるものがある。

「コマンド、アーマーパージ！」

俺は叫んだ。

直後、機体から残った装甲が弾け飛んだ。

全装甲の緊急パージ。

軽量化し速度を上げる猟機の機能のひとつ。だが脆弱《ぜいじゃく》な部位がむき出しになり、攻撃がかすっただけで致命傷になる非常に危険な状態。

あいつを倒すために必要なのは、速さだ。

俺の猟機はいま骸骨のような姿に変貌しているだろう。

「コマンド、リミッターリリース」

猟機の奥底が唸りを上げる。

アフターブーストを常時使用するためのコマンド。

残りの燃料をすべて使う。

視界の上方に、解除停止までのカウントダウンが表示される。

60秒。

すべてを次の一瞬に賭ける。

スラストペダルをキック。

アフターブースト。

半壊したシールドを構え突撃。推力に任せて上昇。

敵機も飛んだ。

ブースト・マニューバ。

空中で跳ね回り、敵機の背後を狙う。

猟機同士の空中戦。

３６０度。視界がめまぐるしく反転。

スラスター異常加熱の警告が鳴る。だがそれは向こうも同じはず。引くな。進め。昇れ。

右から下へ。

左から上へ。

水平制御など捨てろ。姿勢は着地の直前で立て直せばいい。相手の背中に回りこめ。半身だけでも優位に立て。

首を獲《と》ってやる――

速く。

もっと速く。

渾身《こんしん》の力で制御。

空中でアフターブースト。

加速に乗せてソードを振るう。

黒の猟機が弾き返す。返す一撃をぎりぎりで受け止める。

『シルト！』

冷たく、熱くなれ。

勝つために。

三度、ソードが弾かれる。

着地。脚部アブソーバが激しく悲鳴を上げる。構わずブースト。相手に体勢を整える時間を与えるな。

視界が光のように流れる。

「負けない」

こみ上げる熱のまま、俺は叫んでいた。
「俺は、負けない……!!」
敵機のアフターブースト。
次の瞬間、ソードの切っ先が目の前に出現。
ついにシールドが砕け散る。
まるで俺の意思ごと砕くように。
シールドの残骸を放り投げる。
構うな。
旋回しながら接近。一閃。
敵のオートライフルを両断。
まだだ。
左手でハンドガンを抜く。
至近距離で連射。
対猟機用のアーマーピアシング弾が、黒い猟機の胸部装甲を吹き飛ばす。
弾丸が尽きる。
ハンドガンを投げ捨てる。
敵機のレーザーソードがひるがえる。

シールドはもうない。とっさに左腕をかざす。
左腕の間節部が蒸発。
その先が吹き飛び、地面に叩きつけられる。
残りは右腕だけ。
ソードを引く。
腰撓《こしだ》めに構え肉薄。
恐れるな。
踏み込め——
最後の加速。
レーザー最大出力。切断面を入力。
抜刀。
「ああああああああああああああぁ!!」
敵機の右手首を切断。
ロングレーザーソードが宙を舞う。
あと一歩。
ソードを直上から振り下ろす。
刃が黒い腕にめり込んだ。

敵機がかざした右腕により攻撃が止められる。

そのときすでに、俺のレーザーソードの耐久値は限界を迎えていた。

目の前で、レーザーの発生器である刀身がへし折れた。

白刃が潰《つい》える。

届いていない。
届かなかった――

絶望が、俺から最後の気力を奪い取る。

あとすこし。それなのに。

黒い猟機が残った左腕を引いた。

重量機の切り札。直接打撃。

頭部が吹き飛んだ。

一瞬、視界が暗闇に覆われる。すぐさま胸部のサブカメラ映像に切り替わる。

解像度が低く粗くなった視界の中、敵機がこちらの頭部を打ち抜いた左腕を、ゆっくりと引き戻した。

やられる。

もう武装がない。

俺の視線は、モニターの右下に表示されているアームズリストに移っていた。

すべてが暗くダウン――使用不能を示すなか、たったひとつだけ、明るく点灯しているものがあった。

あのときプレイヤーショップ最後に購入した兵装。

それは猟機の胴体横、脇の下にマウントされていた。

旧式のチェーンダガー。

セレクト。ダガーの柄がせり出す。残った腕で引き抜く。

密着状態。敵機が拳を振りかぶる。

視界に映る敵機の胸部めがけ、ダガーを突き出す。

刃が胸にめり込む。チェーンを駆動。

「やられろぉおおおおおおおおおお！！！」

渾身の力でトリガーを引き続ける。

激しく散る火花が目の前を覆い尽くした。

七秒後。

負荷に耐え切れず、安価なダガーの刃が弾け飛ぶ。

駆動が停止。

全部だ。

すべてを出し尽くした。これ以上はもうなにもない。

静寂のなかに、俺たちはいた。

敵機は腕を引いた状態で停止している。

目の前に、なにかの文字が流れた。

<< TARGET DESTROYED >>

自分の心臓と、呼吸音だけが聞こえる。

モニター上に表示されたそれが、なにを意味するのか、すぐにはわからなかった。

俺の猟機は、黒い猟機と支えあうようにひざをついていた。

機体の各所から煙が上がっている。頭部と左腕がなく、武装も装甲もすべて失った状態。大破寸前。

まだ茫然自失のまま、俺は目の前の黒い猟機を見た。

その頭部が、わずかに動いてこちらを向いた。

『――――礼を言う』


低い男の声。まだ若い。

意味がわからず、俺はそのまま固まってしまう。

やがて敵機が光のなかに消え始める。

はっと我に返った。

「せ、セーブ！」

慌てて猟機を降りる。

すぐさま黒い猟機が消滅した場所に駆け寄る。

だが、あたりにプレイヤーの姿はなかった。すぐに転送したのか？

どんなプレイヤーなのか、せめて顔だけでも見ておきたかった。だが結局、あのメッセージの差出人なのかどうかもはっきりとはわからなかった。

「シルト！」

イヨの声に、振り返る。

飛びつかれた。

その反動で俺の身体はイヨと一緒になってぐるぐると回り、そのまま目が回って倒れこむ。俺は気力を使い果たし、アバターの制御も忘れて、自分から立ち上がることができなかった。

「勝ったんだよ！　すごい！　やったやった！」

イヨに手を引かれ、力の限り抱きしめられる。

ピュアクールではない。ピュア元気だ。

いつもの冷静な面影はどこへやら、イヨはまるで子供のようにはしゃいでいた。

そうか――

俺は、勝ったのか。

ようやくその事実を頭が理解しはじめる。

身体の奥底から、浮き立つ衝動がこみ上げていた。

認めるしかなかった。

ああ、やっぱり俺は、このゲームが好きなんだ。

それからしばらく、俺とイヨはその場に座り込んだまま、声を上げて笑いあった。


俺はとてもひさしぶりに、心の底から笑えたような気がしていた。

エピローグ

#17

長い夢を見ていた。

自室のベッドの上で、俺はうっすらと目を開けた。

窓から差し込むまぶしさに顔をそむけながらも、いつもの習性で目覚まし時計の表示を確認してしまう。

いますぐ起床しないと遅刻を免れない時間が、そこに表示されていた。

うんざりしながらも、布団をはね除けて身体を起こす。そのときにはもう、夢の断片は完全に消え去っていた。

ふと、机の上に置かれたＶＨＭＤが目に入った。

奇妙な感覚が、ゆっくりと思考をクリアにさせていく。

あれは夢ではない。

あの戦いから、一週間が経っていた。

◆

◆

「盾、あんた中間テストはどうだったの？」

食卓での母親の言葉に、俺は朝からげんなりした。

「……まだ、全部返ってきてないから」

俺の曖昧《あいまい》な言葉に、母親がすっと目を細める。

「あのね、わかってると思うけど、中学のときみたいなことは許されないからね。篤士《あつし》だって、部活と両立しながらちゃ～んとやってるのよ。あんただけなんだからね、進んでテストの結果を見せないのは」

俺の成績はあまり芳しくない。

中学のときの付け焼刃のような勉強が祟《たた》ったのか、高校に入ってからの小テストでも微妙な点数を取り続けていた。

先週行われた最初の中間テストも、散々な手応えだった。

「あんた、もしかしてまたゲームはじめたの？」

その言葉に、ぴくりと身体が反応する。

母は図星を見抜いたのか、声高らかに言う。

「だいたい高校生になったんだから、もうゲームなんて――」

「べつにいいだろ。好きでやってるんだから」

俺は反射的に言った。

なぜかそこだけは、反論せずにはいられなかった。

しまった。火に油を注いでしまったか、と内心びびっていると、

「――へぇ。ふーん。なるほどねぇ」

なぜか母はキレるのではなく、むしろ妙に嬉しそうな表情で俺を見ていた。

「……なに」

「べっつにぃ～～～～♪」

くそっ。なんなんだ。

わけもわからず腹立たしくなり、俺はさっさと仕度をして家を出た。


自転車を引っぱって家を出る。

塀の脇に、ランドセルを背負ったクリスが立っていた。

驚きのあまりのけぞり、俺は自転車ごと倒れそうになった。

「だいじょうぶですか？」

「な、ど、どうしたの!? 学校は!?」

「? これからですけど……」

携帯で時間を見る。八時ちょっと前。たしかに、まだ小学校の始業時間までは余裕がある。

「わざわざ、寄ったの？」

「はいっ。シルトさんに、会おうとおもって」

はっきりと女性らしい身体つきをしているクリスのランドセル姿は、いつ見ても奇妙な倒錯感があった。

気のせいか、目のふちがすこし赤い気がした。寝不足だろうか？

「あの、ありがとうございました。ゲームでのこと……」

なんのことか、すぐにわからなかった。

遅れて思い至る。《黒の竜》の一件だ。

「颯《さや》さんから聞きました。ふたりでいっしょに、かたきをとってくれたって」

「いや、ぜんぜん、気にしないで。俺が勝手にやったことだし、べつに、そんな」

それにしても、わざわざそんな礼を言いにきたのだろうか？

不思議に思っていると、クリスは小声でつぶやく。

「あと……付き合ってください、って言ったこと……ですけど」

「!?」

ついにきた。

これが本題か。

さすがのクリスも、いつまでも返事をしない俺に業を煮やしたのか。

言わなければいけない。俺たち、もう別れよう？　いやちがう、なにを言ってるんだ。そもそもが間違ってる。それを正さなければならない。

しかし、どう言えばいい？　クリスを傷つけないためには。

混乱の渦中で、俺がまたガマガエルになっていると。

クリスは二つに結った長い髪を揺らし、大きく頭を下げた。


「あのっ、忘れてください！」


え――――――――――――っ!?

と、あやうく叫びそうになったのだ、そのときの俺は。

それくらい愕然とした。

脱力し、魂が抜けた状態で、ぎゅっと目を閉じたクリスの顔をまじまじと見つめる。

自分のこれまでの懊悩《おうのう》の数々は、いったいなんだったのか。

結局のところ、俺はからかわれていただけ……ということだろうか？

それとも冷静になって、うだつの上がらない俺のような年上の男などダメだと思い直したのか、あるいは同級生に好きな男子でもできたのか。

問題が解決したにもかかわらず、ショックを受けている自分がいた。

一応、俺にも男としてのプライドがあったのだなと、そのときはじめて自覚した。

「あ、ちがうんです、その」

だが、そんな俺をどう見たのか、クリスはあわてたように付け足した。

「あたし、応援してますから！」

「…………え？」

「颯さんは、すごいすてきな人だと思います！　きれいでやさしくてかっこよくて……。あたしなんかじゃ、ぜんぜん敵わないですよね……。だからシルトさんが、颯さんのお願いにこたえたの、その気持ちも……ちゃんとわかります！」

「？？？」

俺の混乱は増すばかりだった。

「それに、いまのあたしじゃまだゲームのなかで、シルトさんの役に立てないです。だから、もっとがんばります！　いつか颯さんに追いつくくらいに」

「えっ、と……」

これは、つまり。

俺が伊予森さんのお願いに応えた、その気持ちがわかる？

もしかしてクリスは……俺が、伊予森さんのことを、好きだと思っている……？

どうにも、そんな感じである。

それは、たしかに好きか嫌いかといったら、あれだが。しかし——

「あ、うん。ありがとう……」

気づくと、俺はひきつった笑みで首肯《しゅこう》していた。

これはなんの礼を言っているのだろう？　自分でもわからない。

「あの、でも、でもっ……」

クリスは頬を上気させたまま、なにかを言いかける。

急に声が小さくなったので、俺はその言葉に耳を澄ました。

「も、もしダメだったら、あたしがいますからっ！」

と叫んで、クリスは赤いランドセルを揺らしながら走り去っていった。

あとには、完全に茫然自失状態の俺が取り残される。

そして俺は遅刻した。

◆

◆

五限後の休み時間、俺は机で数学のプリントとにらみ合っていた。

うちの高校では、毎日の課題として朝一に出されるこれを、帰りまでに解いて提出しなければいけないことになっていた。

「なんだ、これ……」

授業でやった範囲の応用問題のはずだが、解き方がわからない。

早くも付いていけないものが出始めている。

しかし、せめて英語と数学はしっかり理解しておかないとまずいと感じる。授業が進むほど挽回が困難になるだろうことは目に見えていた。

しかし……わからないものは、わからない。

「見せて」

頭上から声がした。

伊予森さんが、隣に立っていた。

俺の手からペンを取り、解きかけの式をさらっと眺めると、そこに続きを書き足していく。

「ほら、このグラフとX軸に共有点があるってことは、Y座標は0になるから……」

伊予森さんが垂れた髪をかきあげて、ペンを走らせる。

さらさらとした長い髪からただよう未知の芳香が、鼻腔をくすぐる。

脈拍が速くなっていく。

「これで終わり。むずかしくないでしょ?」

「あ、ありがと……」

「いーえ」

伊予森さんにとってはたいしたことないらしい。

中間試験が終わり、俺は精根尽き果てていた。だがこの様子だと、伊予森さんはたぶん成績も良いのだろう。

ふと、以前にクリスにも聞いたことを思い出した。

「そういえばさ、伊予森さんは、どうしてアイゼン・イェーガーをやってたの?」

「みんながわたしの命令に従うのが、楽しいからかな」

「……そ、そうなんだ」

伊予森さんの性格が、だんだんとわかってきた気がする。

「それより、大変なことになってるよ」

そう言いながら、伊予森さんは携帯であるウェブページを開いて見せた。

「これって……」

アイゼン・イェーガーのコミュニティサイトだった。

そこのトップ記事に、一枚の画像が貼ってある。

装甲がすべて脱落した隻腕《せきわん》首なしの猟機が、漆黒の機体にダガーを突き刺している。

あの戦闘の様子だ。

「だれかがあの場にいて、わたしたちの戦いを見ていた」

その記事には、
《黒の竜》を単機で撃破した英雄
などと大仰な見出しがついていた。

記事に書き込まれたコメントは、すでに数万単位に上っている。

「いまゲームのなかでは、遠野《とおの》くんの話題でもちきりだよ」

「どうしよ……」

アバターが撮られていないのが救いだ。

それに機体もこの状態なら、そこから特定されることはないだろう。

「でも、だれがこれを?」

言って、俺はふとあの白い服の少女を思い出した。

だが彼女ではない。根拠はなにもないが、そんな気がした。

「わからない。あの場に他の猟機がいるなんて、わたしは探知していなかった。……遠野くんこそ《黒の竜》のプレイヤーと、話したんだよね?」

「話した、っていうほどじゃないんだけど……」

——礼を言う。

最後のあの言葉が、耳に残っていた。

撃破されて感謝する、というのはいったいどういう意味だろうか。

それに俺のことを知っているような口ぶりだった。

「俺……あいつの正体をちゃんと知りたいかも」

口から出たのは、偽りのない本音だった。

すると伊予森さんが、楽しそうに口元をゆるめる。

「奇遇だね。わたしも」

つづけて、すっと人差し指を立てた。

「一緒に探す上で、ひとつだけ条件がある。遠野くん、きみの正体は秘密だからね」

その言葉の意図を、俺はすぐに理解した。

俺のやっていることは、あまり褒められたものではない。

言ってみれば、弱い振りをしていることになる。わざとではないが、それを不快に思うプレイヤーもいるだろう。

「というか、シルトはわたし以上に有名人だから。しかもいまだから言うけど、きみっていなくなってからさらに噂になってたんだよ。消えた英雄、消えたトップランカー、とかね。今回の記事の書き込みにだって、《黒の竜》の正体はきみだったんじゃないかって、コメントがあるくらいだもん」

「そうだったんだ……」

つまり、名前を明かせばそういう誤解は解けるが、一方でほかの厄介事――腕試しに燃えるＰＫに狙われるなど――に巻き込まれる可能性も高くなる。

どちらに転んでも問題はある。

だがそれは、俺が自分で蒔《ま》いた種だ。

良いとか悪いとかではなく、それは俺の三年間がそこにあった「意味」でもある。

「でも、やるよ」

もう一度、あいつに会いたい。

それにゲームを憎むのではなく、また純粋に楽しんでみたいという気持ちも、俺のなかに芽生えはじめていた。

「あの、ありがとう、伊予森さん」

「なにが？」

「伊予森さんのおかげで、なんかすっきりしたっていうか……。伊予森さんが一緒だったから、あいつも倒せたと思うし」

俺の言葉に、伊予森さんは目をまたたかせた。

「いいってば、そんなの……」

「あ、うん、ごめん」

真面目か俺は。

なんだか急に気恥ずかしくなってしまう。

リア充を名乗るには、俺はほど遠い。

けれど、伊予森さんやクリスと知り合えたのも、このゲームのおかげなのだ。

「ねぇ、遠野くんて、ほんとにクリスちゃんのこと……」

「クリス？」

伊予森さんは、さっと顔をそらした。

「……べつに。なんでもない」

「え？　あ、あの、いまのは」

「なんでもないってば！」

その声に周りの視線が集まり、俺たちはそそくさと互いから離れた。

◆　◆

「282点……？」

俺の口にした点数に、伊予森さんが目を丸くしていた。

帰り道、並んで自転車を引いて歩いていた俺は、その反応に逆に驚く。

「う、うん」

中間試験の結果だ。主要五科目での総合点。当然、５００点満点となる。

急に伊予森さんが立ち止まったため、前方がおろそかになっていた。

ぼやっとしていて、自転車がサラリーマン風の男性とぶつかってしまう。

「す、すいません！」

「いいえ」

やさしそうな人だった。一安心する。

ひたすら頭を下げたところで、伊予森さんが追いついてくる。

「勉強しなかったの？」

「いや、したは、したんだけど……」

それがこの結果なのだ。

「で、でも、成績よりも交友関係の方が重要っていうか、ほら、リア充って成績よくなくても許されるイメージがあるっていうか……」

「なに言ってるの？　大丈夫？」

「……いえ」

心底頭を疑われているような気配がしたので、俺は口をつぐんだ。

「入学のときの模試の順位は？」

「えっと、２０９位、だったかな」

ちなみに一学年の生徒数は、二五〇人くらいである。

伊予森さんが、珍妙な動物でも見るような視線を向けてくる。

「遠野くんて、意外と……予想以上に……」

「……なにか」

「あ、ううんなんでも。それで、本当に大丈夫なの？　親とかなにも言われない？」

「言われる……。うち、わりと成績にはついてうるさいから」

まずいという自覚はあった。

親が、というより母親が厳しい。

しかも優れた比較対象が家庭内に二人もいるのが厄介だった。詩歩《しほ》はもちろん、篤士も中学のときの俺よりずっと成績がいい。くそっ、あいつめ。スポーツに打ち込むなら勉強ぐらいサボれと言いたくなる。

「それなのに、その点数なんだ」

「正直、数学はついていけてないかも。今日のテストの答え合わせでも、微妙に理解できてないし……」

伊予森さんはしばらく唖然としていた。

だがやがて、

「遠野くん、しばらくゲーム禁止」

「え!?」

その発言に、俺はつい声を上げてしまった。

つい先日、俺をアイゼン・イェーガーに引き戻したのは当の伊予森さんだと思うのだが、という反論を口には出せず顔に出していると、

「わたしのせいだって言いたいのかな」

「い、いや。もちろんそんなことは、ありませんが……」

実際、中間テストに限って言えば、それとこれとはあまり関係がない。

だが過去の不出来を考えると、そろそろ本当に勉強にも力を入れなければまずい気がした。

「はー……。それじゃ、仕方ないなぁ」

伊予森さんは、ふとそんなことを言った。

「じゃあ、次は一緒にテスト勉強する?」

聞きなれない日本語に、俺の思考が停止する。

ゆっくりと、隣の伊予森さんの顔を見た。

「えっと……いいの?」

「仕方ないでしょ。わたしのせいなんだから」

「う、うん。ありがと……」

「期末試験では、目標二十位以内ね」

「えっ!?　それはさすがに……」

絶対に無理だという確信があった。

いや――

弱音を吐くのは、もうすこしやってみてからでも、いいのかもしれない。

同じだ。

戦う前から、負けるつもりでいてはなにもできない。

リア充にだって、いつかはなれるかもしれないのだから。


俺は伊予森さんと途中で別れ、帰路についた。

身体が軽い。心が弾むようだった。傍《はた》から見たら彼氏彼女のよう――というのは言い過ぎだが、友達くらいには認めてもらえるだろう。

さて、とりあえず今日はこのまま帰って真面目にテストの復習でもしようか。

などと我ながら殊勝な考えを抱いたときだった。

「――ちょっと」

背中にぶつかったその声に振り返る。

するとそこに、

「遠野。だっけ。おまえ」

ギャルがいた。

明るい茶髪、耳にはピアス、ルーズなカーディガンに、法律違反に指定されそうなレベルに短いスカート。大きく開けられた首元にはネックレスが光っている。

それは見慣れた制服。つまり同じ学校の生徒だ。

——同じ学校の？

そこで俺はやっと、彼女がクラスメイトの杏崎《あんざき》さんだと気づく。

すぐに名前が浮かんだのは、最近教えられたからだ。あのとき、伊予森さんと一緒にいた中庭で、なぜか彼女ににらまれたから。

「あんさー。うちに。面《つら》。ちょっと貸して」

杏崎さんは、にこりともせずに言う。

狼と子羊。いま彼女と俺は、たぶんそういう関係だった。

やはり世の中は、いつだって俺の予想を超えてる。

こんな風に。

［了］

番外編　三大商社とパーツマスター

＃12・5

イーストユーラシア第001解放区域《首都ミッドガルド》

《黒の竜》打倒に向けた、ミッドガルドでの買い物の途中。

巨人通りのさまざまな店舗を眺めていると、隣を歩くイヨに聞かれた。

「シルトって、どこのパーツが好き？」

「どこって……どの《発掘商社》の、ってこと？」

「そうそう」

武装、フレーム、機体内部のリアクターなど、猟機を構成するパーツは多岐にわたる。

そのすべては、このアイゼン・イェーガーの世界――《ジ・アフター》の各地に点在する《遺跡》から発掘されている。正確には、遺跡やフィールド上で手に入る素材――《マテリアル》や《ジャンクパーツ》が、発掘商社、あるいは製造スキルを持つプレイヤーの手にかかることで、猟機のパーツとして完成するのである。

発掘商社とは、《ジ・アフター》において、猟機に関する資源と技術を寡占的に保有している組織のことだ。単に商社、あるいはメーカーとも呼ばれる。プレイヤーにとっては、公式ショップのブランドという認識だ。

その筆頭が、《ヴューレン財団》、《鉄血商工》、《ガフ教会》の三者である。

俗に三大商社と呼ばれる組織で、プレイヤーが搭乗する猟機には、この三大商社製のパーツがどこかしらに使用されているといっても過言ではない。

三大商社には、それぞれに異なる特色がある。

《ヴューレン財団》は、発掘商社のなかでも最大規模を誇る組織だ。

取り扱っているパーツの点数や種類はもっとも多く、すべてを財団製のパーツで構成した完成品の猟機も販売している。ほかの商社に比べて、パーツの価格はやや値が張るが、その分故障（ランダムトラブル）率が低く、信頼性が高いメーカーといえる。また多種多様に存在する武装については、ライフルやガトリングガン、ミサイルランチャーといった中～遠距離の射撃兵装を得意分野としており、扱いの難しい近接兵装を苦手とする初級プレイヤーにとっても、重宝する商社といえるだろう。

《鉄血商工》は、二番手の大手発掘商社だ。

大量生産によって価格が安く抑えられており、かつどのパーツも頑丈に製造されているため、耐久度の数値が高いのが特徴だ。そういった点では、資金が少なく、また猟機を大破させやすい初級～中級プレイヤーがよくお世話になるメーカーといえる。また《ヴューレン財団》とすみ分けするように、《鉄血商工》は近～中距離の近接・格闘兵装を得意としている。

《ガフ教会》は、三大商社のなかでも異色の存在だ。

財団や商工と比べて、パーツのラインナップには偏りがあり、また価格帯も財団製よりさらに高く、初級プレイヤーには手が出しにくい。一方で、ほかでは取り扱わない特殊な武装やフレームパーツも販売している。ただし性能的にも外見的にもクセが強い、というのが特徴だ。欠点をかえりみない一点特化型の性能だったり、見た目も奇抜だったりする。

さらには表示されているスペック以上の性能を発揮しただの、オカルトめいた話まである。そういった面から「教会製使いは仲間でも気をつけろ」などと言われるほどだ。

どれ、というイヨの質問を俺はぼんやりと考えた。

俺の場合は、とくに強固な主義を持っていないが、単純な比率でいえば、《鉄血商工》のパーツを使用することが多かった気がする。

「近接戦闘メインだから商工製が多かったけど……でも、好きでいえば、教会製かな」

「新しい武装とか好きだから？」

「あ、いや。武装っていうより、フレームパーツが」

「え？」

俺の答えにイヨは意外そうにした。

俺はかつての自分の愛機を脳裏に思い描いた。

武装はすべてプレイヤーメイドの一点ものだが、機体の全身を構成するフレームパーツには、教会製のパーツを多く使用していた。

背筋は湾曲し、腰が異様に細く手足が長い。それでいてシールドやソードは大型のもの。

その歪なバランスは、ヒロイックとは真逆の姿。いまの初期状態の猟機は、あの機体に慣れ親しんだ俺にとっては、むしろかっこよすぎるくらいだ。

「変わってるね。やっぱり」

「クセが強いんだけど、使い込みがいがあるっていうか……」

言ってから、なにかが頭のなかで引っかかった。

やっぱり？

「あ、そういえば、その《ガフ教会》のパーツなんだけど」

俺の疑問を流すようにイヨが言った。

「昔に買った腕部フレームで失敗したことあったの思い出した。そのときは公式ショップの新パーツだったから、せっかく貯金はたいて買ったんだけど、実際使ってみたらぜんぜん性能悪くって……って、いきなり言われてもわからないよね」

「なんてやつ？」

イヨが口にしたパーツ名を、俺は頭のなかで繰り返した。

たしか、一年くらい前のアップデートで追加された品だ。

「あ、あのパーツは、武装を両手で保持しないとスペックを引き出せないやつだよ」

「え？」

「隠しパラメータっていうか、内部設定されてる補正値があるから、それで性能が劣化してるように感じたんだと思う。教会製はそういう不親切なパーツが多いから……。あとスナイパーライフル系統の火器を装備したときだけ、照準安定性に補正がかかったはず。倍率で１３５パーセントくらいだったかな。あ、ただ俺はほとんど使ったことないんだけど」

俺が説明し終えると、なぜかイヨはきょとんとしていた。

「使ったことがないのに、わかるの？」

「え？　それは、まあ……。隠しパラメータ自体はどこのメーカーにもあるけど、そういう独自の計算式が入っているパーツは、たぶん合わせても千点くらいじゃないかな」

「ちょ、ちょっと待って。もしかして、シルト……それを全部暗記してるの？」

イヨの大げさな言い方に、俺はすこしたじろいだ。

「いや、べつに、暗記してるってほどじゃ……。ただ、だいたいはわかるっていうか、自然と覚えたっていうか……」

イヨは唖然としている。

やがてやけに生暖かい、どこか残念なものを見るような視線を向けた。

「なんていうか……。すごいっていうより、呆れる」

「……そ、そう」

たぶん褒め言葉でないのだろう。

たしかに、自分でも誇らしいなどとは思えない。

いかに自分がこれしかやってこなかったか、ということの証明なのだから。

俺がなんとなく憂鬱な気分になっていると、イヨがふっと表情をゆるめて微笑んだ。

「でも、そういうきみなら、勝てる気がしてきたよ」

挑戦的に。とても楽しそうに。

それに俺も不器用ながら笑みを返した。

《黒の竜》——どれほどの猟機とパイロットなのだろうか。

まだ遭遇できるかどうかも未知数だが、もしそのときは、全力でぶつかるだけだ。


これから身を投じる戦いに、俺の血がかすかに騒ぎ始めていた。

［了］

あとがき

アース・スターノベル様でははじめましてです。来生直紀と申します。

本作をお手に取ってくださり、誠にありがとうございます！


この『アイゼン・イェーガー』は、ヒナプロジェクト様の小説投稿サイト『小説家になろう』にて掲載中の作品に、加筆修正を施したものとなります。

ＷＥＢ版を事前に読まれてさらにこの本を手にしてくれた方、もはやあなたは神です。

ＷＥＢ版を知らずこの書籍版で初めて本作を読んでくれた方、やはりあなたも神です。

とにかく感謝の念に尽きません。うぅ……嬉しいよぅ！


それにしても、あとがきというのはいつもネタに困るものです。

本当にどうしたものか……。いや、そういえば定番の登場人物の誕生秘話的なものをやったことがなかったことにいま気づいたので、今回はそちらでお茶を濁そうと思います！

・遠野 盾／シルト

主人公です。

盾のキャラクターは、最初から決まっていたわけではありませんでした。

本作の企画段階では、実はほかにもいくつかの導入パターンを考えていました（もうちょっと冒険物語的なストーリーや、現代サスペンス風？なものなど）。そのなかで、主人公とヒロインの人物像が一番立ちそうなパターンで決定したのを覚えています。

「気弱で非リアな盾」×「強気でリア充なイヨ」は、セットで生まれたという感じですね。

また、盾は日常生活上では未熟な成長型の主人公であり、ゲーム上では熟練のプロフェッショナル型の主人公でもあります。

二つの側面を描くことができるので、個人的に書いていてとても楽しい主人公なのです。

……ちなみに盾のぼっちっぷりは、決して作者の体験談ではありませんよ？

決して大学の昼休みにだれもいない講義室を使って昼食をとっていたり、学祭にだれも一緒に行く人がいなくて近所の図書館で時間を潰していたりはしていませんでした！

・伊予森 颯／イヨ

ヒロインです。

どうも作者は、強気でクール系の女性キャラクターが好きなようです。そういうわけで、イヨはすんなりとこういったタイプに決まった気がします。

ちなみに、WEB版と名前がちょっと変わっています。

実は大きな伏線！　……というわけではないのですが、もしかしたらWEB版と微妙に雰囲気がちがうキャラクターになっていくかもしれません。

・真下　クリス
ヒロインです。

今回は盾とふたり、見事表紙を飾っています！　うっ、可哀想なイヨ……（なお「表紙にはぜひクリスを！」と懇願したえこひいきは作者です）

クリスの人物像も、迷わずすんなりと決まりました。

むしろ、どうして世間には「金髪碧眼でスタイル抜群、でも小学生（十二歳）」というヒロインがいないんだろう？　と不思議に思っていたくらいです。

ただ、書くときには一番気を遣うキャラクターでもあります。（なにせ小学生女児なので）

この三人のほかにも、アイゼン・イェーガーには今後いろいろな人物が出てきます。

みんな愛着があるので、また出てきたタイミングで同じようにちょっとした解説などを入れていけたらと思っています。（あとがきのネタのためにも）

さて、本作は多くの人のお世話になり、いま皆さまのお手元に存在します。

まず新堂アラタさま、すばらしいイラストで盾たちに命を吹き込んでくださりありがとうございます！　個人的に盾の表情や雰囲気がイメージぴったりです。

アース・スターノベル編集長の稲垣さま、担当編集の筒井さま、アイゼン・イェーガーの書籍化のお声をかけていただき、ありがとうございました。

ご期待に沿えるよう、これからもこの作品を書き続けていきたいと思っています。

また、せっかくＷＥＢ版・書籍版というものが並行してあるので、なにかすこし面白いことができたらなぁと考えています。（ルート分岐的なものとか……すみません、完全にまだ妄想ですが）

それでは、また皆さまとお会いできることを祈って。

二〇一六年　八月　来生直紀

お手に取っていただき
ありがとうございました！
イヨちゃんの活躍
たのしみにしてます
新堂マラタ

EARTH STAR NOVEL

アイゼン・イェーガー　1

発行 ―――― 2016年9月15日　初版第1刷発行

著者 ―――― 来生直紀

イラストレーター ―――― 新堂アラタ

装丁デザイン ―――― 関善之＋村田慧太朗（volare）

発行者 ―――― 幕内和博

編集 ―――― 筒井さやか

発行所 ―――― 株式会社 アース・スター エンターテイメント
〒107-0052　東京都港区赤坂 2-14-5
Daiwa 赤坂ビル 5F
TEL：03-5561-7630
FAX：03-5561-7632
http://www.es-novel.jp/

発売所 ―――― 株式会社 泰文堂
〒108-0075　東京都港区港南 2-16-8
ストーリア品川 17F
TEL：03-6712-0333

印刷・製本 ―――― 中央精版印刷株式会社

ISBN 978-4-8030-0953-8